Crónica de una muerte anunciada

Gabriel García Márquez

Crónica de una muerte anunciada

Notas y prólogo de
Lucero López Ibarra

Ernst Klett Sprachen
Stuttgart

1. Auflage 1 16 15 14 13 12 | 2028 27 26 25 24

www.klett-sprachen.de

Redaktion: Marcelo Rodríguez
Layoutkonzeption: Elmar Feuerbach
Gestaltung und Satz: Satzkasten, Stuttgart
Umschlaggestaltung: Sandra Vrabec
Titelbild: akg-images, Berlin
Bild Seite 116: Picture-Alliance, Frankfurt
Druck und Bindung: Salzland Druck, Staßfurt

Printed in Germany
ISBN 978-3-12-535614-6

Índice

Prólogo

Crónica de una muerte anunciada retrata la interacción de los seres humanos ante la tragedia y nos introduce en el mundo de un pueblo colombiano llamado Manaure, en donde parece que el mayor evento del día será la llegada de un buque con el obispo pero al final este pasa a ser un suceso de muy poca relevancia.

Todo comienza la noche anterior al día fatal, en la celebración de la boda entre Bayardo San Román y Ángela Vicario, a la que acude todo el pueblo. Mientras todos están celebrando, la pareja recién casada se retira y ahí surge el detonador del desarrollo de la crónica. Santiago Nasar inicia el día preparándose para ir a presenciar la llegada del obispo, entretanto la noticia de su inminente asesinato se propaga por el pueblo. Las reacciones ante esta noticia van desde la incredulidad a la "complicidad", ya que nadie hace nada por impedir el crimen porque todos creen que otro ya se ha hecho cargo. Los pocos que se esfuerzan por intervenir terminan siendo víctimas de la casualidad y el destino.

El autor, con su maestría narrativa, nos obliga a ser observadores cercanos de todo el proceso desde diferentes puntos de vista. Con su relato en primera persona, desarrolla la trama con una clara influencia del género periodístico, dándonos detalles tanto de lo que el narrador presenció como de todo lo que ha arrojado la investigación de tantos años. Esta información no es siempre coherente, lo que nos impide hacernos una imagen clara de lo que realmente pasó. A través de esta técnica, el lector se ve confrontado con la complejidad y lo contradictorio del crimen y de sus circunstancias y experimenta, junto con los involucrados, la dificultad de encontrar la verdad.

García Márquez es uno de los mayores exponentes del realismo mágico, corriente literaria en la cual se mezclan la fantasía y el mito con los hechos que vivimos día a día de una manera natural, además de plasmarse en el papel una descripción rigurosa de los acontecimientos. Esto lo podemos apreciar a lo largo de su obra, cuando los sueños, las apariciones y las supersticiones se diluyen en la vida cotidiana de la gente del pueblo de tal forma que no resulta extraño que el fantasma de la esposa del viudo de Xius regrese a recuperar sus cosas, firmando de su puño y letra esta afirmación, o que Santiago Nasar suba las escaleras como una aparición, aún antes de morir, por mencionar tan sólo algunos ejemplos.

A partir de la crónica el autor relata los pormenores del asunto pero sin expresar juicios. Así tenemos la capacidad como lectores de introducirnos en la historia y resolver, de acuerdo a la ética de cada quien, los dilemas morales que se presentan. En algunos momentos, a través de sutiles alusiones, podemos percibir una velada crítica, como en el caso de la visita del obispo y su falta de compromiso real con la gente que lo espera ansiosa haciendo gala de un derroche que ha existido desde siempre por parte de las esferas altas eclesiásticas.

Las anotaciones de este libro posibilitan una mejor comprensión del texto, rico en regionalismos y extraordinarias metáforas. Basándose en sus conocimientos de Derecho, estudios que cursó el escritor durante una época de su vida, el mismo incluye en la narración un amplio vocabulario de términos legales y de investigación policiaca, además de voces provenientes del campo de la medicina.

Esta obra nos permite conocer los valores y costumbres de la sociedad colombiana y latinoamericana, en especial el papel de represión que ha vivido la mujer, no sólo por parte de su pareja (muchas veces impuesta), sino por los mismos padres y hermanos. La presencia de la doble moral del pueblo y en el interior de las familias es tangible cuando, antes de casarse, Ángela Vicario es escoltada para "velar" sobre su mayor virtud, "la virginidad". Una vez que se descubre el terrible secreto de su impureza entonces esa familia que ha sido defensora de lo correcto y decente manda a los hijos varones a cometer el asesinato de una persona de la que ni siquiera se ha corroborado que sea el autor de la infamia. El papel de la madre es fundamental en este enredo; ella es quien juzga sin compasión el actuar de la hija.

En la actualidad la mujer latinoamericana se ha podido liberar hasta un cierto grado del yugo impuesto por la sociedad. En las ciudades esto es más sencillo en cuanto al ámbito familiar, pero en otros aspectos todavía se ve sometida por los prejuicios. En los pueblos, muchas veces, las mujeres siguen viviendo una condición de ser humano de segunda clase. Sin embargo, en esta narración, a pesar de encontrarse en situaciones de desventaja, se reivindica su identidad a través de sus actitudes valientes y combativas, ya sea soportando estoicamente los castigos físicos y morales (como en el caso de Ángela Vicario) o defendiendo a las nuevas generaciones (como Victoria Guzmán, quien tuvo una hija ilegitima de su patrón y ahora la defiende para que no corra la misma suerte).

Por otra parte el asunto del honor familiar es algo que todavía está presente en muchas sociedades incluyendo nuestras sociedades latinoamericanas. Esta problemática no incumbe sólo a las mujeres sino también a los varones de la familia que son los encargados de llevar a cabo el acto de "limpiar" la honra mancillada. Los gemelos Vicario son un ejemplo claro de la insensatez de estos hechos que nada resarcen y que por el contrario dejan un enorme duelo para un gran número de personas. Sin embargo, es de resaltar que el machismo es fomentado muchas veces por las mismas mujeres, como se refleja en Prudencia Cortés, quien cuenta al narrador: «Yo sabía en qué andaban —me dijo— y no sólo estaba de acuerdo, sino que nunca me hubiera casado con él si no cumplía como hombre», o en la madre de los Vicario, quien no les deja niguna opción a sus hijos, aunque ellos desesperadamente tratan de que alguien los detenga. Al final todos son unas marionetas manejadas por los hilos de una moral estrecha y mal entendida, es la manipulación que lleva a los personajes a actuar de una manera contraria a sus ideas y sólo Ángela Vicario reúne el valor de seguir sus instintos sin importar el precio.

«Nunca hubo una muerte más anunciada», también para nosotros como lectores. Desde un principio sabemos el fin de la historia, y aún así los malabarismos hechos con las palabras nos atrapan, aumentan nuestra curiosidad, nos preparan para el desenlace trágico, injusto, sangriento. Nos solidarizamos con la víctima pero también con los victimarios, sufrimos juntos los embates del destino que aquejan a los personajes y al final todavía mantenemos la esperanza de que un milagro suceda.

Lucero López Ibarra

El día en que lo iban a matar, Santiago Nasar se levantó a las 5.30 de la mañana para esperar el buque en que llegaba el obispo. Había soñado que atravesaba un bosque de higuerones donde caía una llovizna tierna, y por un instante fue feliz en el sueño, pero al despertar se sintió por completo salpicado de cagada de pájaros. «Siempre soñaba con árboles», me dijo Plácida Linero, su madre, evocando 27 años después los pormenores de aquel lunes ingrato. «La semana anterior había soñado que iba solo en un avión de papel de estaño que volaba sin tropezar por entre los almendros», me dijo. Tenía una reputación muy bien ganada de intérprete certera de los sueños ajenos, siempre que se los contaran en ayunas, pero no había advertido ningún augurio aciago en esos dos sueños de su hijo, ni en los otros sueños con árboles que él le había contado en las mañanas que precedieron a su muerte.

Tampoco Santiago Nasar reconoció el presagio. Había dormido poco y mal, sin quitarse la ropa, y despertó con dolor de cabeza y con un sedimento de estribo de cobre en el paladar, y los interpretó como estragos naturales de la parranda de bodas que se había prolongado hasta después de la media noche. Más aún: las muchas personas que encontró desde que salió de su casa a las 6.05 hasta que fue destazado como un cerdo una hora después, lo recordaban un poco soñoliento

2 **un buque** barco grande con cubierta que se usa para grandes travesías – 3 **un obispo** superior eclesiástico de una diócesis – 4 **un higuerón** *Am* árbol de la América tropical de gran tronco, copa espesa, hojas grandes y madera fuerte, muy usada para construir embarcaciones – 4 **una llovizna** lluvia ligera – 6 **salpicar** mojar con gotas de un líquido – 6 **una cagada** *vulg* excremento, mierda – 7 **evocar** recordar con anhelo, imaginar – 8 **un pormenor** descripción detallada de un asunto – 8 **el ingrato** *aquí:* desagradable, desgraciado – 9 **un papel de estaño** Stanniolfolie – 10 **tropezar** *aquí:* encontrar obstáculos – 11 **una intérprete** *aquí:* up que sabe descifrar los sueños – 11 **certero** seguro, acertado – 12 **en ayunas** *loc adv* sin comer, con el estómago vacío – 13 **un augurio** presagio, anuncio de uc del futuro – 13 **aciago** infeliz, desgraciado (unheilvoll) – 15 **preceder** anteceder, ocurrir uc antes de otra – 16 **un presagio** anuncio de un suceso en el futuro – 18 **un sedimento** *residuo* (Abfall) de uc que queda sobre una superficie – 18 **estribo de cobre** Messingsteigbügel – 19 **el paladar** parte interior y superior de la boca – 19 **un estrago** daño físico o moral – 19 **una parranda** *coloq* diversión de un grupo de personas que van de un lugar a otro bebiendo alcohol y haciendo alboroto – 20 **una boda** casamiento, enlace matrimonial – 22 **destazar** hacer pedazos uc – 23 **soñoliento** up que tiene sueño

pero de buen humor, y a todos les comentó de un modo casual que era un día muy hermoso. Nadie estaba seguro de si se refería al estado del tiempo. Muchos coincidían en el recuerdo de que era una mañana radiante con una brisa de mar que llegaba a través de los platanales, como era de pensar que lo fuera en un buen febrero de aquella época. Pero la mayoría estaba de acuerdo en que era un tiempo fúnebre, con un cielo turbio y bajo y un denso olor de aguas dormidas, y que en el instante de la desgracia estaba cayendo una llovizna menuda como la que había visto Santiago Nasar en el bosque del sueño. Yo estaba reponiéndome de la parranda de la boda en el regazo apostólico de María Alejandrina Cervantes, y apenas si desperté con el alboroto de las campanas tocando a rebato, porque pensé que las habían soltado en honor del obispo.

Santiago Nasar se puso un pantalón y una camisa de lino blanco, ambas piezas sin almidón, iguales a las que se había puesto el día anterior para la boda. Era un atuendo de ocasión. De no haber sido por la llegada del obispo se habría puesto el vestido de caqui y las botas de montar con que se iba los lunes a *El Divino Rostro*, la hacienda de ganado que heredó de su padre, y que él administraba con muy buen juicio aunque sin mucha fortuna. En el monte llevaba al cinto una 357 Magnum, cuyas balas blindadas, según él decía, podían partir un caballo por la cintura. En época de perdices llevaba también sus

1 **casual** sin pensar, imprevisto – 3 **coincidir** estar de acuerdo en uc – 5 **un platanal** terreno plantado de *plátanos* (Bananen) – 7 **fúnebre** triste, sombrío – 8 **turbio** ≠ claro – 8 **denso** ≠ ligero – 9 **una desgracia** suceso triste, malo, adverso – 9 **menudo** ligero – 11 **reponerse de uc** recuperarse, reanimarse, aliviarse – 12 **el regazo** parte superior de las piernas de up cuando está sentada (Schoß) – 13 **un alboroto** ruido, escándalo, desorden – 13 **a rebato** manera de tocar las campanas u otra señal para dar aviso de algún peligro – 16 **el almidón** Stärke – 17 **un atuendo** conjunto de prendas con las que se viste up – 20 **heredar** recibir por ley propiedades o bienes que deja up después de su muerte – 21 **el juicio** *aquí:* capacidad de up para distinguir lo bueno de lo malo y lo verdadero de lo falso – 22 **un cinto** tira de cuero u otro material que sujeta y ajusta la ropa a la cintura – 23 **una bala blindada** proyectil recubierto por un *blindaje* (Panzerung) para mayor efectividad – 23 **partir** dividir uc en dos o más partes – 24 **la cintura** *aquí:* por la mitad – 24 **una perdiz** Rebhuhn

aperos de cetrería. En el armario tenía además un rifle 30.06 Mannlicher-Schönauer, un rifle 300 Holland Magnum, un 22 Hornet con mira telescópica de dos poderes, y una Winchester de repetición. Siempre dormía como durmió su padre, con el arma escondida dentro de la funda de la almohada, pero antes de abandonar la casa aquel día le sacó los proyectiles y la puso en la gaveta de la mesa de noche. «Nunca la dejaba cargada», me dijo su madre. Yo lo sabía, y sabía además que guardaba las armas en un lugar y escondía la munición en otro lugar muy apartado, de modo que nadie cediera ni por casualidad a la tentación de cargarlas dentro de la casa. Era una costumbre sabia impuesta por su padre desde una mañana en que una sirvienta sacudió la almohada para quitarle la funda, y la pistola se disparó al chocar contra el suelo, y la bala desbarató el armario del cuarto, atravesó la pared de la sala, pasó con un estruendo de guerra por el comedor de la casa vecina y convirtió en polvo de yeso a un santo de tamaño natural en el altar mayor de la iglesia, al otro extremo de la plaza. Santiago Nasar, que entonces era muy niño, no olvidó nunca la lección de aquel percance.

La última imagen que su madre tenía de él era la de su paso fugaz por el dormitorio. La había despertado cuando trataba de encontrar a tientas una aspirina en el botiquín del baño, y

1 **un apero** conjunto de instrumentos y herramientas de cualquier oficio – 1 **la cetrería** caza con la ayuda de halcones – 1 **un rifle** arma de fuego de cañón largo – 3 **una mira** pieza colocada en un arma para poder tirar acertadamente – 4 **de repetición** arma que utiliza un cargador con varios cartuchos que se disparan uno tras otro – 5 **esconder** poner uc o up en un lugar donde es difícil de encontrar – 5 **una funda** cubierta donde se meten cosas para protegerlas – 5 **una almohada** pequeño cojín que sirve para colocar la cabeza al dormir – 7 **una gaveta** cajón corredizo que hay en los escritorios y sirve para guardar lo que se quiere tener listo para usar – 7 **cargado** cuando un arma de fuego está lista para disparar – 10 **apartado** lejano, retirado, distante – 10 **ceder a la tentación** no resistir el deseo de hacer uc prohibida – 12 **sabio** inteligente, adecuado – 12 **imponer** obligar a up a hacer uc – 13 **sacudir** movimiento fuerte de un lado a otro – 14 **el suelo** piso de un cuarto o vivienda – 14 **desbaratar** separar uc en pedazos – 15 **un cuarto** habitación, dormitorio – 16 **un estruendo** ruido grande, alboroto – 20 **un percance** accidente que complica el curso normal de uc – 22 **fugaz** de corta duración, breve – 23 **a tientas** utilizar las manos para poder reconocer objetos en la oscuridad – 23 **un botiquín** caja o mueble donde se guardan las medicinas

ella encendió la luz y lo vio aparecer en la puerta con el vaso de agua en la mano, como había de recordarlo para siempre. Santiago Nasar le contó entonces el sueño, pero ella no les puso atención a los árboles.

—Todos los sueños con pájaros son de buena salud —dijo.

Lo vio desde la misma hamaca y en la misma posición en que la encontré postrada por las últimas luces de la vejez, cuando volví a este pueblo olvidado tratando de recomponer con tantas astillas dispersas el espejo roto de la memoria. Apenas si distinguía las formas a plena luz, y tenía hojas medicinales en las sienes para el dolor de cabeza eterno que le dejó su hijo la última vez que pasó por el dormitorio. Estaba de costado, agarrada a las pitas del cabezal de la hamaca para tratar de incorporarse, y había en la penumbra el olor de bautisterio que me había sorprendido la mañana del crimen.

Apenas aparecí en el vano de la puerta me confundió con el recuerdo de Santiago Nasar. «Ahí estaba», me dijo. «Tenía el vestido de lino blanco lavado con agua sola, porque era de piel tan delicada que no soportaba el ruido del almidón.» Estuvo un largo rato sentada en la hamaca, masticando pepas de cardamina, hasta que se le pasó la ilusión de que el hijo había vuelto. Entonces suspiró: «Fue el hombre de mi vida.»

Yo lo vi en su memoria. Había cumplido 21 años la última semana de enero, y era esbelto y pálido, y tenía los párpados

6 **una hamaca** red alargada y gruesa, que se cuelga en dos extremos y que se usa para dormir en lugares donde hace mucho calor – 7 **postrar** debilitar, restar vigor y fuerza – 7 **la vejez** último periodo de la vida – 9 **una astilla** fragmento muy pequeño que queda cuando un objeto de madera se rompe – 9 **disperso** separado, esparcido (verstreut) – 11 **la sien** cada una de las dos partes laterales de la cabeza situadas entre la frente, la oreja y la mejilla – 12 **de costado** cuando up está recargada en una de las dos partes laterales de su cuerpo – 13 **una pita** *aquí: soga* (Seil), *cuerda* (Strick) – 13 **un cabezal** parte superior de uc usada para dormir, donde va la cabeza – 14 **incorporarse** sentar o reclinar el cuerpo que estaba acostado – 14 **la penumbra** cuando hay muy poca luz – 14 **el bautisterio** el baptisterio, lugar de la iglesia donde está la *pila bautismal* (Taufbecken) – 16 **un vano** *hueco* (Loch) de un muro que sirve de puerta o ventana – 19 **soportar** aguantar con paciencia una situación negativa – 20 **una pepa de cardamina** semilla de *mastuerzo* (Gartenkresse) – 22 **suspirar** acción de respirar lenta y prolongadamente para expirar con un leve sonido – 24 **esbelto** delgado y alto – 24 **pálido** up que ha perdido el color rosado de la cara – 24 **el párpado** piel delgada y movible que cubre al ojo

árabes y los cabellos rizados de su padre. Era el hijo único de un matrimonio de conveniencia que no tuvo un solo instante de felicidad, pero él parecía feliz con su padre hasta que éste murió de repente, tres años antes, y siguió pareciéndolo con la madre solitaria hasta el lunes de su muerte. De ella heredó el instinto. De su padre aprendió desde muy niño el dominio de las armas de fuego, el amor por los caballos y la maestranza de las aves de presa altas, pero de él aprendió también las buenas artes del valor y la prudencia. Hablaban en árabe entre ellos, pero no delante de Plácida Linero para que no se sintiera excluida. Nunca se les vio armados en el pueblo, y la única vez que trajeron sus halcones amaestrados fue para hacer una demostración de altanería en un bazar de caridad. La muerte de su padre lo había forzado a abandonar los estudios al término de la escuela secundaria, para hacerse cargo de la hacienda familiar. Por sus méritos propios, Santiago Nasar era alegre y pacífico, y de corazón fácil.

El día en que lo iban a matar, su madre creyó que él se había equivocado de fecha cuando lo vio vestido de blanco. «Le recordé que era lunes», me dijo. Pero él le explicó que se había vestido de pontifical por si tenía ocasión de besarle el anillo al obispo. Ella no dio ninguna muestra de interés.

1 **rizado** pelo que da vueltas sobre sí mismo en forma de espiral (lockig) – 2 **un matrimonio de conveniencia** matrimonio que se lleva a cabo por un acuerdo y no por amor – 2 **un instante** un brevísimo momento – 4 **de repente** *loc adv* inesperadamente, súbitamente – 6 **el dominio** conocimiento profundo de uc – 7 **la maestranza** *aquí:* domar, adiestrar, amaestrar a un animal, enseñándole ciertas habilidades – 8 **un ave de presa** ave carnívora, de pico curvo y fuertes garras, como el águila y el buitre – 9 **la prudencia** actuar de manera cuidadosa – 11 **excluir** dejar a up fuera de algún lugar o evento – 12 **un halcón** Falke – 13 **altanería** actitud de up que se siente mejor que los demás – 13 **la caridad** ayuda que se le da a la gente pobre – 14 **forzar** obligar a up a actuar de alguna forma – 15 **la escuela secundaria** la escuela que sigue a la *primaria* (Grundschule) – 16 **el mérito** reconocimiento al esfuerzo de up por obtener uc – 21 **de pontifical** *loc colq* ponerse traje de ceremonia o de etiqueta

—Ni siquiera se bajará del buque —le dijo—. Echará una bendición de compromiso, como siempre, y se irá por donde vino. Odia a este pueblo.

Santiago Nasar sabía que era cierto, pero los fastos de la iglesia le causaban una fascinación irresistible. «Es como el cine», me había dicho alguna vez. A su madre, en cambio, lo único que le interesaba de la llegada del obispo era que el hijo no se fuera a mojar en la lluvia, pues lo había oído estornudar mientras dormía. Le aconsejó que llevara un paraguas, pero él le hizo un signo de adiós con la mano y salió del cuarto. Fue la última vez que lo vio.

Victoria Guzmán, la cocinera, estaba segura de que no había llovido aquel día, ni en todo el mes de febrero. «Al contrario», me dijo cuando vine a verla, poco antes de su muerte. «El sol calentó más temprano que en agosto.» Estaba descuartizando tres conejos para el almuerzo, rodeada de perros acezantes, cuando Santiago Nasar entró en la cocina. «Siempre se levantaba con cara de mala noche», recordaba sin amor Victoria Guzmán. Divina Flor, su hija, que apenas empezaba a florecer, le sirvió a Santiago Nasar un tazón de café cerrero con un chorro de alcohol de caña, como todos los lunes, para ayudarlo a sobrellevar la carga de la noche anterior. La cocina enorme, con el cuchicheo de la lumbre y las gallinas dormidas en las perchas, tenía una respiración sigilosa. Santiago Nasar

1 **ni siquiera** no (intensifica la negación) – 2 **una bendición** petición a Dios para que proteja, ayude, perdone o santifique uc o a up – 2 **de compromiso** hacer uc sin sentirla verdaderamente, sólo por cumplir – 4 **el fasto** derroche de lujo – 8 **estornudar** echar aire por la nariz y la boca, causado de forma repentina e incontrolable – 9 **aconsejar uc a up** dar una recomendación o indicación a up – 15 **descuartizar** partir en trozos un cuerpo – 16 **acezante** ansioso, anhelante (sehnsüchtig) – 20 **florecer** mujer cuando pasa de niña a jovencita – 20 el **café cerrero** muy cargado o fuerte, sin azúcar – 21 **un chorro** cuando una gran cantidad de líquido sale de una abertura – 21 **el alcohol de caña** Zuckerrohrschnaps – 22 **sobrellevar** aguantar o soportar con paciencia una dificultad – 23 **el cuchicheo** *fig* el sonido que hacen dos o más personas hablando en voz muy baja – 23 **la lumbre** fuego que se usa para calentarse o cocinar – 24 **una percha** palo colocado horizontalmente a cierta altura del suelo, que sirve para que las aves se paren en él – 24 **sigiloso** discreto, prudente, cauteloso

masticó otra aspirina y se sentó a beber a sorbos lentos el tazón de café, pensando despacio, sin apartar la vista de las dos mujeres que destripaban los conejos en la hornilla. A pesar de la edad, Victoria Guzmán se conservaba entera. La niña, todavía un poco montaraz, parecía sofocada por el ímpetu de sus glándulas. Santiago Nasar la agarró por la muñeca cuando ella iba a recibirle el tazón vacío.

—Ya estás en tiempo de desbravar —le dijo.

Victoria Guzmán le mostró el cuchillo ensangrentado.

—Suéltala, blanco —le ordenó en serio—. De esa agua no beberás mientras yo esté viva.

Había sido seducida por Ibrahim Nasar en la plenitud de la adolescencia. La había amado en secreto varios años en los establos de la hacienda, y la llevó a servir en su casa cuando se le acabó el afecto. Divina Flor, que era hija de un marido más reciente, se sabía destinada a la cama furtiva de Santiago Nasar, y esa idea le causaba una ansiedad prematura. «No ha vuelto a nacer otro hombre como ése», me dijo, gorda y mustia, y rodeada por los hijos de otros amores. «Era idéntico a su padre —le replicó Victoria Guzmán—. Un mierda.» Pero no pudo eludir una rápida ráfaga de espanto al recordar el horror de Santiago Nasar cuando ella arrancó de cuajo las entrañas de un conejo y les tiró a los perros el tripajo humeante.

—No seas bárbara —le dijo él—. Imagínate que fuera un ser humano.

1 **beber a sorbos** *loc* ingerir un líquido poco a poco, con ligeros intervalos – 3 **destripar** quitar o sacar las *tripas* (Darm) – 5 **montaraz** rudo, insociable – 5 **sofocar** ahogar, no poder respirar – 5 **el ímpetu** energía desbordante – 6 **la glándula** cualquier órgano esencial para el funcionamiento del organismo de los seres vivos – 6 **la muñeca** parte del brazo donde se une con la mano – 8 **desbravar** *fig* hacer manso a un animal – 10 **de esa agua no beberás** *loc coloq aquí:* no poder acercarse a up – 12 **seducir** *aquí:* up que trata de convencer a otra de manera sutil para lograr tener relaciones sexuales – 12 **la plenitud** el mejor momento – 16 **furtivo** que se hace a escondidas, oculto – 19 **mustio** triste, melancólico – 21 **una ráfaga** *fig* golpe repentino, poderoso y rápido de viento – 21 **el espanto** miedo, horror, temor – 22 **de cuajo** *loc* uc que es arrancada desde la raíz – 22 **las entrañas** partes internas de un organismo, por ejemplo el corazón, el hígado, los *pulmones* (Lunge) – 23 **el tripajo** *AmS coloq* entrañas

Victoria Guzmán necesitó casi veinte años para entender que un hombre acostumbrado a matar animales inermes expresara de pronto semejante horror. «¡Dios Santo —exclamó asustada—, de modo que todo aquello fue una revelación!» Sin embargo, tenía tantas rabias atrasadas la mañana del crimen, que siguió cebando a los perros con las vísceras de los otros conejos, sólo por amargarle el desayuno a Santiago Nasar. En ésas estaban cuando el pueblo entero despertó con el bramido estremecedor del buque de vapor en que llegaba el obispo.

La casa era un antiguo depósito de dos pisos, con paredes de tablones bastos y un techo de cinc de dos aguas, sobre el cual velaban los gallinazos por los desperdicios del puerto. Había sido construido en los tiempos en que el río era tan servicial que muchas barcazas de mar, e inclusive algunos barcos de altura, se aventuraban hasta aquí a través de las ciénagas del estuario. Cuando vino Ibrahim Nasar con los últimos árabes, al término de las guerras civiles, ya no llegaban los barcos de mar debido a las mudanzas del río, y el depósito estaba en desuso. Ibrahim Nasar lo compró a cualquier precio para poner una tienda de importación que nunca puso, y sólo cuando se iba a casar lo convirtió en una casa para vivir. En la planta baja abrió un salón que servía para todo, y construyó en el fondo

2 **inerme** indefenso – 4 **una revelación** manifestación de una verdad transmitida de manera divina a los seres humanos acerca del futuro o de algo oculto – 4 **sin embargo** *loc* a pesar de que, no obstante – 5 **la rabia** enojo grande, cólera, ira – 6 **cebar** dar comida a los animales – 6 **la víscera** entrañas, tripa – 7 **amargarle uc a up** hacerle un momento o situación desagradable a up – 8 **un bramido** ruido fuerte similar al gruñido de un animal – 8 **estremecedor** → **estremecerse** sobrecogerse por la intensidad de una emoción, una sensación o una impresión muy fuerte – 11 **basto** tosco, rústico – 11 **un techo de dos aguas** un *tejado* (Dach) que tiene forma de V invertida – 12 **velar** vigilar, cuidar con mucha atención uc – 12 **un desperdicio** restos de uc que ha sido comida o usada y ya no tiene función alguna – 14 **un barco de altura** Hochseeschiff – 15 **una ciénaga** lugar en el que el *cieno* (lodo blando en el fondo del agua) es abundante (Morast) – 16 **un estuario** terreno lleno de agua, de poca profundidad, que rodea las orillas de un río o que se forma entre este y el mar – 18 **el desuso** abandono, olvido – 21 **convertir** hacer que up o uc cambie o se transforme en algo diferente – 22 **el fondo** parte más alejada del lugar desde donde se mira, más profunda o posterior de uc

una caballeriza para cuatro animales, los cuartos de servicio, y una cocina de hacienda con ventanas hacia el puerto por donde entraba a toda hora la pestilencia de las aguas. Lo único que dejó intacto en el salón fue la escalera en espiral rescatada de algún naufragio. En la planta alta, donde antes estuvieron las oficinas de aduana, hizo dos dormitorios amplios y cinco camarotes para los muchos hijos que pensaba tener, y construyó un balcón de madera sobre los almendros de la plaza, donde Plácida Linero se sentaba en las tardes de marzo a consolarse de su soledad. En la fachada conservó la puerta principal y le hizo dos ventanas de cuerpo entero con bolillos torneados. Conservó también la puerta posterior, sólo que un poco más alzada para pasar a caballo, y mantuvo en servicio una parte del antiguo muelle. Ésa fue siempre la puerta de más uso, no sólo porque era el acceso natural a las pesebreras y la cocina, sino porque daba a la calle del puerto nuevo sin pasar por la plaza. La puerta del frente, salvo en ocasiones festivas, permanecía cerrada y con tranca. Sin embargo, fue por allí, y no por la puerta posterior, por donde esperaban a Santiago Nasar los hombres que lo iban a matar, y fue por allí por donde él salió a recibir al obispo, a pesar de que debía darle una vuelta completa a la casa para llegar al puerto.

1 **una caballeriza** lugar, generalmente cubierto, donde se encuentran los caballos u otros animales de carga – 1 **un cuarto de servicio** habitación donde duerme la servidumbre – 3 **la pestilencia** mal olor – 5 **un naufragio** hundimiento de una embarcación por un accidente en el mar o río – 6 **amplio** grande, espacioso – 7 **un camarote** dormitorio en un barco – 10 **consolar** aliviar en alguna forma la tristeza, la pena, la preocupación o el dolor que uc le causa a up – 10 **una fachada** parte exterior de un edificio, especialmente donde se encuentra la entrada principal – 11 **un bolillo** trozo de madera torneado – 12 **torneado** objeto al que se la da una forma suave, bien redondeada y bien pulida – 13 **alzado** movido hacia arriba, elevado – 14 **un muelle** edificación hecha a la orilla del mar, río o lago para poder cargar y descargar las embarcaciones con mayor facilidad – 15 **una pesebrera** orden de los *pesebres* (especie de cajón donde comen las bestias) en una caballeriza – 16 **dar a la calle** tener salida a una calle, plaza u otro lugar – 17 **salvo** *prep* fuera de, excepto – 18 **permanecer** mantenerse sin cambios, continuar igual – 18 **una tranca** palo con que se aseguran las puertas y ventanas cerradas

Nadie podía entender tantas coincidencias funestas. El juez instructor que vino de Riohacha debió sentirlas sin atreverse a admitirlas, pues su interés de darles una explicación racional era evidente en el sumario. La puerta de la plaza estaba citada varias veces con un nombre de folletín: *La puerta fatal.* En realidad, la única explicación válida parecía ser la de Plácida Linero, que contestó a la pregunta con su razón de madre: «Mi hijo no salía nunca por la puerta de atrás cuando estaba bien vestido.» Parecía una verdad tan fácil, que el instructor la registró en una nota marginal, pero no la asentó en el sumario.

Victoria Guzmán, por su parte, fue terminante en la respuesta de que ni ella ni su hija sabían que a Santiago Nasar lo estaban esperando para matarlo. Pero en el curso de sus años admitió que ambas lo sabían cuando él entró en la cocina a tomar el café. Se lo había dicho una mujer que pasó después de las cinco a pedir un poco de leche por caridad, y les reveló además los motivos y el lugar donde lo estaban esperando. «No lo previne porque pensé que eran habladas de borracho», me dijo. No obstante, Divina Flor me confesó en una visita posterior, cuando ya su madre había muerto, que ésta no le había dicho nada a Santiago Nasar porque en el fondo de su alma quería que lo mataran. En cambio ella no lo previno porque entonces no era más que una niña asustada, incapaz de una decisión propia, y se había asustado mucho más cuando él la agarró por la muñeca con una mano que sintió helada y pétrea, como una mano de muerto.

1 **una coincidencia** suceso o serie de sucesos que ocurren en un mismo tiempo o a varias personas por azar – 1 **funesto** uc que produce tristeza o desgracia, o que va acompañado de ellas – 1 **un juez instructor** up que tiene autoridad para juzgar y sentenciar y que dirige la instrucción de los sumarios en materia penal o criminal – 2 **Riohacha** capital del *departamento* (Provinz) colombiano de la Guajira – 3 **admitir** reconocer como cierta uc – 4 **un sumario** conjunto de documentos oficiales encaminados a preparar un juicio – 5 **un folletín** tipo de novela publicada en partes, generalmente en periódicos, melodramático y poco creíble – 10 **asentar** anotar uc en un registro o documento para que quede por escrito – 11 **(ser) terminante** definitivo, fuera de cualquier discusión – 18 **prevenir** *aquí:* avisar, informar a up de uc que va a pasar – 18 **una hablada** rumores que se hacen sobre uc o up, generalmente sin fundamento – 18 **un borracho** up que ha bebido mucho alcohol – 19 **no obstante** *loc* sin embargo – 26 **pétreo** duro y sólido como una piedra

Santiago Nasar atravesó a pasos largos la casa en penumbra, perseguido por los bramidos de júbilo del buque del obispo. Divina Flor se le adelantó para abrirle la puerta, tratando de no dejarse alcanzar por entre las jaulas de pájaros dormidos del comedor, por entre los muebles de mimbre y las macetas de helechos colgados de la sala, pero cuando quitó la tranca de la puerta no pudo evitar otra vez la mano de gavilán carnicero. «Me agarró toda la panocha —me dijo Divina Flor—. Era lo que hacía siempre cuando me encontraba sola por los rincones de la casa, pero aquel día no sentí el susto de siempre sino unas ganas horribles de llorar.» Se apartó para dejarlo salir, y a través de la puerta entreabierta vio los almendros de la plaza, nevados por el resplandor del amanecer, pero no tuvo valor para ver nada más. «Entonces se acabó el pito del buque y empezaron a cantar los gallos —me dijo—. Era un alboroto tan grande, que no podía creerse que hubiera tantos gallos en el pueblo, y pensé que venían en el buque del obispo.» Lo único que ella pudo hacer por el hombre que nunca había de ser suyo, fue dejar la puerta sin tranca, contra las órdenes de Plácida Linero, para que él pudiera entrar otra vez en caso de urgencia. Alguien que nunca fue identificado había metido por debajo de la puerta un papel dentro de un sobre, en el cual le avisaban a Santiago Nasar que lo estaban esperando para matarlo, y le revelaban además el lugar y los motivos, y otros detalles muy precisos de la confabulación. El mensaje estaba en el suelo cuando Santiago Nasar salió de su casa, pero él no lo vio, ni lo vio Divina Flor ni lo vio nadie hasta mucho después de que el crimen fue consumado.

4 **alcanzar** llegar a juntarse con uc o up que va adelante – 5 **mimbre** ramas finas y flexibles de la *mimbrera* (Korbweide) usadas en cestería – 6 **un helecho** Farn – 7 **un gavilán** Sperber – 7 **carnicero** *aquí:* que come carne – 8 **la panocha** *AmC, Col vulg* vagina – 9 **un rincón** lugar pequeño y apartado – 12 **entreabierto** uc abierta solamente un poco – 13 **nevado** *fig* cubierto – 13 **el resplandor** luz muy clara que sale del sol u otro cuerpo luminoso – 13 **el amanecer** cuando empieza a aparecer la luz del día – 14 **un pito** instrumento cilíndrico con una *lengüeta* (Zunge) que, al vibrar, emite un sonido agudo – 24 **revelar** compartir una información que estaba oculta o era secreta – 25 **una confabulación** complot, conspiración – 28 **consumar** realizar, llevar a cabo

Habían dado las seis y aún seguían encendidas las luces públicas. En las ramas de los almendros, y en algunos balcones, estaban todavía las guirnaldas de colores de la boda, y hubiera podido pensarse que acababan de colgarlas en honor del obispo. Pero la plaza cubierta de baldosas hasta el atrio de la iglesia, donde estaba el tablado de los músicos, parecía un muladar de botellas vacías y toda clase de desperdicios de la parranda pública. Cuando Santiago Nasar salió de su casa, varias personas corrían hacia el puerto, apremiadas por los bramidos del buque.

El único lugar abierto en la plaza era una tienda de leche a un costado de la iglesia, donde estaban los dos hombres que esperaban a Santiago Nasar para matarlo. Clotilde Armenta, la dueña del negocio, fue la primera que lo vio en el resplandor del alba, y tuvo la impresión de que estaba vestido de aluminio. «Ya parecía un fantasma», me dijo. Los hombres que lo iban a matar se habían dormido en los asientos, apretando en el regazo los cuchillos envueltos en periódicos, y Clotilde Armenta reprimió el aliento para no despertarlos.

Eran gemelos: Pedro y Pablo Vicario. Tenían 24 años, y se parecían tanto que costaba trabajo distinguirlos. «Eran de catadura espesa pero de buena índole», decía el sumario. Yo, que los conocía desde la escuela primaria, hubiera escrito lo mismo. Esa mañana llevaban todavía los vestidos de paño oscuro de la boda, demasiado gruesos y formales para el Caribe, y tenían el aspecto devastado por tantas horas de mala

1 **habían dado las seis** ya eran las seis – 3 **una guirnalda** corona de flores, hierbas y otros materiales entretejidos que se usa para adornar – 5 **una baldosa** Pflasterstein – 5 **un atrio** patio, a veces limitado por una reja o barda, localizado a la entrada de una iglesia – 6 **un tablado** plataforma – 7 **un muladar** lugar lleno de basura – 9 **apremiar** darse prisa, apurar – 15 **el alba** amanecer, primeras luces del día – 18 **envolver** cubrir uc con un papel, tela, plástico – 19 **reprimir** *aquí:* frenar el impulso de hacer uc – 19 **aliento** olor del aire que sale por la boca – 20 **unos gemelos** hermanos nacidos el mismo día en el mismo parto – 22 **una catadura** aspecto de una persona, rostro, semblante – 22 **espeso** tosco (grob) – 22 **la índole** naturaleza, temperamento – 24 **un paño** *tela* (Stoff) de lana – 25 **grueso** ≠ delgado, ligero – 26 **devastado** que ha sido destruido por completo

vida, pero habían cumplido con el deber de afeitarse. Aunque no habían dejado de beber desde la víspera de la parranda, ya no estaban borrachos al cabo de tres días, sino que parecían sonámbulos desvelados. Se habían dormido con las primeras auras del amanecer, después de casi tres horas de espera en la tienda de Clotilde Armenta, y aquél era su primer sueño desde el viernes. Apenas si habían despertado con el primer bramido del buque, pero el instinto los despertó por completo cuando Santiago Nasar salió de su casa. Ambos agarraron entonces el rollo de periódicos, y Pedro Vicario empezó a levantarse.

—Por el amor de Dios —murmuró Clotilde Armenta—. Déjenlo para después, aunque sea por respeto al señor obispo.

«Fue un soplo del Espíritu Santo», repetía ella a menudo. En efecto, había sido una ocurrencia providencial, pero de una virtud momentánea. Al oírla, los gemelos Vicario reflexionaron, y el que se había levantado volvió a sentarse. Ambos siguieron con la mirada a Santiago Nasar cuando empezó a cruzar la plaza. «Lo miraban más bien con lástima», decía Clotilde Armenta. Las niñas de la escuela de monjas atravesaron la plaza en ese momento trotando en desorden con sus uniformes de huérfanas.

Plácida Linero tuvo razón: el obispo no se bajó del buque. Había mucha gente en el puerto además de las autoridades y los niños de las escuelas, y por todas partes se veían los huacales de gallos bien cebados que le llevaban de regalo al obispo, porque la sopa de crestas era su plato predilecto. En el muelle de carga había tanta leña arrumada, que el buque

2 **la víspera** día anterior a otro especialmente si existe una celebración – 3 **al cabo de** *loc prep* después de – 4 **un sonámbulo** up que dormida se levanta, camina y habla – 4 **desvelarse** dormir poco durante la noche – 5 **el aura** *aquí:* viento suave – 14 **una ocurrencia** idea inesperada – 14 **providencial** una acción mandada por Dios, milagroso – 15 **una virtud** *aquí:* capacidad de crear un efecto benéfico – 19 **una monja** mujer que pertenece a una orden religiosa que generalmente vive en un convento – 20 **trotar** caminar apresuradamente – 21 **un huérfano** up que ha perdido uno o ambos padres – 25 **un huacal** *Col, Ven* caja formada por tiras de madera que transporta cosas delicadas – 26 **una cresta** trozo de carne roja que tienen en la cabeza los gallos y otras aves – 26 **predilecto** favorito, preferido – 27 **la leña** pedazos de madera que se usan para hacer fuego – 27 **arrumar** poner uc sobre otra sin orden

habría necesitado por lo menos dos horas para cargarla. Pero no se detuvo. Apareció en la vuelta del río, rezongando como un dragón, y entonces la banda de músicos empezó a tocar el himno del obispo, y los gallos se pusieron a cantar en los huacales y alborotaron a los otros gallos del pueblo.

Por aquella época, los legendarios buques de rueda alimentados con leña estaban a punto de acabarse, y los pocos que quedaban en servicio ya no tenían pianola ni camarotes para la luna de miel, y apenas si lograban navegar contra la corriente. Pero éste era nuevo, y tenía dos chimeneas en vez de una con la bandera pintada como un brazal, y la rueda de tablones de la popa le daba un ímpetu de barco de mar. En la baranda superior, junto al camarote del capitán, iba el obispo de sotana blanca con su séquito de españoles. «Estaba haciendo un tiempo de Navidad», ha dicho mi hermana Margot. Lo que pasó, según ella, fue que el silbato del buque soltó un chorro de vapor a presión al pasar frente al puerto, y dejó ensopados a los que estaban más cerca de la orilla. Fue una ilusión fugaz: el obispo empezó a hacer la señal de la cruz en el aire frente a la muchedumbre del muelle, y después siguió haciéndola de memoria, sin malicia ni inspiración, hasta que el buque se perdió de vista y sólo quedó el alboroto de los gallos.

Santiago Nasar tenía motivos para sentirse defraudado. Había contribuido con varias cargas de leña a las solicitudes públicas del padre Carmen Amador, y además había escogido él mismo los gallos de crestas más apetitosas. Pero fue una contrariedad

2 **vuelta** *aquí:* curvas que describen el movimiento del agua en el río – 2 **rezongar** *fig* gruñir (brummen) – 8 **una pianola** piano con un mecanismo que permite crear música sin ser tocado por up – 9 **la luna de miel** viaje de bodas – 10 **una chimenea** conducto por donde sale el humo – 11 **un brazal** *fig* cinta que se coloca alrededor del brazo – 12 **la popa** parte posterior de una embarcación – 13 **una baranda** Geländer – 14 **una sotana** prenda de vestir que usan los eclesiásticos – 14 **un séquito** grupo de gente que acompaña al presidente, al rey u otro personaje importante – 16 **un silbato** instrumento pequeño y hueco que al soplar en él hace un sonido agudo – 18 **ensopar** quedar up muy mojada (→ por la lluvia) – 20 **una muchedumbre** gran número de personas reunidas en un lugar – 23 **defraudar** no cumplir con uc que se ha prometido – 24 **contribuir** cooperar, aportar – 25 **escoger** decidir de entre varias cosas cuáles son las mejores, seleccionar – 26 **una contrariedad** *aquí:* suceso que dificulta o molesta a up

momentánea. Mi hermana Margot, que estaba con él en el muelle, lo encontró de muy buen humor y con ánimos de seguir la fiesta, a pesar de que las aspirinas no le habían causado ningún alivio. «No parecía resfriado, y sólo estaba pensando en lo que había costado la boda», me dijo. Cristo Bedoya, que estaba con ellos, reveló cifras que aumentaron el asombro. Había estado de parranda con Santiago Nasar y conmigo hasta un poco antes de las cuatro, pero no había ido a dormir donde sus padres, sino que se quedó conversando en casa de sus abuelos. Allí obtuvo muchos datos que le faltaban para calcular los costos de la parranda. Contó que se habían sacrificado cuarenta pavos y once cerdos para los invitados, y cuatro terneras que el novio puso a asar para el pueblo en la plaza pública. Contó que se consumieron 205 cajas de alcoholes de contrabando y casi 2.000 botellas de ron de caña que fueron repartidas entre la muchedumbre. No hubo una sola persona, ni pobre ni rica, que no hubiera participado de algún modo en la parranda de mayor escándalo que se había visto jamás en el pueblo. Santiago Nasar soñó en voz alta.

—Así será mi matrimonio —dijo—. No les alcanzará la vida para contarlo.

Mi hermana sintió pasar el ángel. Pensó una vez más en la buena suerte de Flora Miguel, que tenía tantas cosas en la vida, y que iba a tener además a Santiago Nasar en la Navidad de ese año. «Me di cuenta de pronto de que no podía haber un partido mejor que él», me dijo. «Imagínate: bello, formal, y con una fortuna propia a los veintiún años.» Ella solía invitarlo a desayunar en nuestra casa cuando había caribañolas de yuca, y mi madre las estaba haciendo aquella mañana. Santiago Nasar aceptó entusiasmado.

4 **el alivio** mejoría después de un problema físico o moral – 7 **el asombro** sorpresa por uc inesperada o extraordinaria – 12 **un pavo** Truthahn – 13 **asar** cocinar algo directamente al fuego – 15 **el contrabando** *aquí:* productos adquiridos de manera ilegal – 16 **repartir** dividir uc y darla a varias personas – 25 **darse cuenta** comprender, entender uc – 26 **formal** *aquí:* responsable, serio, educado – 28 **una caribañola de yuca** *AmS* pequeño pastel hecho de masa o puré de yuca (Yucca) con influencia ibérica, de ahí el nombre carib(e) y (esp)añola

—Me cambio de ropa y te alcanzo —dijo, y cayó en la cuenta de que había olvidado el reloj en la mesa de noche—. ¿Qué hora es?

Eran las 6.25. Santiago Nasar tomó del brazo a Cristo Bedoya y se lo llevó hacia la plaza.

—Dentro de un cuarto de hora estoy en tu casa —le dijo a mi hermana.

Ella insistió en que se fueran juntos de inmediato porque el desayuno estaba servido. «Era una insistencia rara —me dijo Cristo Bedoya—. Tanto, que a veces he pensado que Margot ya sabía que lo iban a matar y quería esconderlo en tu casa.» Sin embargo, Santiago Nasar la convenció de que se adelantara mientras él se ponía la ropa de montar, pues tenía que estar temprano en *El Divino Rostro* para castrar terneros. Se despidió de ella con la misma señal de la mano con que se había despedido de su madre, y se alejó hacia la plaza llevando del brazo a Cristo Bedoya. Fue la última vez que lo vio.

Muchos de los que estaban en el puerto sabían que a Santiago Nasar lo iban a matar. Don Lázaro Aponte, coronel de academia en uso de buen retiro y alcalde municipal desde hacía once años, le hizo un saludo con los dedos. «Yo tenía mis razones muy reales para creer que ya no corría ningún peligro», me dijo. El padre Carmen Amador tampoco se preocupó. «Cuando lo vi sano y salvo pensé que todo había sido un infundio», me dijo. Nadie se preguntó siquiera si Santiago Nasar estaba prevenido, porque a todos les pareció imposible que no lo estuviera.

En realidad, mi hermana Margot era una de las pocas personas que todavía ignoraban que lo iban a matar. «De haberlo sabido, me lo hubiera llevado para la casa aunque fuera amarrado», declaró al instructor. Era extraño que no lo supiera, pero lo era mucho más que tampoco lo supiera mi

1 **caer en la cuenta** acordarse de uc – 8 **de inmediato** *loc adv* al momento, en seguida – 20 **el retiro** fin de la etapa de trabajo de up – 20 **el alcalde** presidente del municipio – 24 **sano y salvo** sin ningún daño – 25 **un infundio** mentira, rumor, engaño – 29 **ignorar** ≠ saber – 31 **amarrar** sujetar a up o uc con cuerdas

madre, pues se enteraba de todo antes que nadie en la casa, a pesar de que hacía años que no salía a la calle, ni siquiera para ir a misa. Yo apreciaba esa virtud suya desde que empecé a levantarme temprano para ir a la escuela. La encontraba como era en aquellos tiempos, lívida y sigilosa, barriendo el patio con una escoba de ramas en el resplandor ceniciento del amanecer, y entre cada sorbo de café me iba contando lo que había ocurrido en el mundo mientras nosotros dormíamos. Parecía tener hilos de comunicación secreta con la otra gente del pueblo, sobre todo con la de su edad, y a veces nos sorprendía con noticias anticipadas que no hubiera podido conocer sino por artes de adivinación. Aquella mañana, sin embargo, no sintió el pálpito de la tragedia que se estaba gestando desde las tres de la madrugada. Había terminado de barrer el patio, y cuando mi hermana Margot salía a recibir al obispo la encontró moliendo la yuca para las caribañolas. «Se oían gallos», suele decir mi madre recordando aquel día. Pero nunca relacionó el alboroto distante con la llegada del obispo, sino con los últimos rezagos de la boda.

Nuestra casa estaba lejos de la plaza grande, en un bosque de mangos frente al río. Mi hermana Margot había ido hasta el puerto caminando por la orilla, y la gente estaba demasiado excitada con la visita del obispo para ocuparse de otras novedades. Habían puesto a los enfermos acostados en los portales para que recibieran la medicina de Dios, y las mujeres salían corriendo de los patios con pavos y lechones y toda clase de cosas de comer, y desde la orilla opuesta llegaban canoas adornadas de flores. Pero después de que el obispo pasó sin

5 **lívido** pálido – 6 **ceniciento** gris, del color de la *ceniza* (Asche) – 9 **hilos de comunicación** *fig aquí:* recursos para obtener información – 12 **la adivinación** conocer el futuro o descubrir lo oculto por medios sobrenaturales – 13 **un pálpito** corazonada, premonición (Vorahnung) – 14 **gestar** desarrollar una idea – 14 **la madrugada** periodo de tiempo entre la media noche y el amanecer – 16 **moler** romper uc en pequeñas partes o hasta que se convierta en polvo – 19 **un rezago** el resto, lo que queda – 26 **un lechón** cerdo pequeño que todavía es alimentado por la madre – 27 **una canoa** pequeña embarcación de remo generalmente para una sola persona – 28 **adornar** decorar

dejar su huella en la tierra, la otra noticia reprimida alcanzó su tamaño de escándalo. Entonces fue cuando mi hermana Margot la conoció completa y de un modo brutal: Ángela Vicario, la hermosa muchacha que se había casado el día anterior, había sido devuelta a la casa de sus padres, porque el esposo encontró que no era virgen. «Sentí que era yo la que me iba a morir», dijo mi hermana. «Pero por más que volteaban el cuento al derecho y al revés, nadie podía explicarme cómo fue que el pobre Santiago Nasar terminó comprometido en semejante enredo.» Lo único que sabían con seguridad era que los hermanos de Ángela Vicario lo estaban esperando para matarlo.

Mi hermana volvió a casa mordiéndose por dentro para no llorar. Encontró a mi madre en el comedor, con un traje dominical de flores azules que se había puesto por si el obispo pasaba a saludarnos, y estaba cantando el fado del amor invisible mientras arreglaba la mesa. Mi hermana notó que había un puesto más que de costumbre.

—Es para Santiago Nasar —le dijo mi madre—. Me dijeron que lo habías invitado a desayunar.

—Quítalo —dijo mi hermana.

Entonces le contó. «Pero fue como si ya lo supiera —me dijo—. Fue lo mismo de siempre, que uno empieza a contarle algo, y antes de que el cuento llegue a la mitad ya ella sabe cómo termina.» Aquella mala noticia era un nudo cifrado para mi madre. A Santiago Nasar le habían puesto ese nombre por el nombre de ella, y era además su madrina de bautismo, pero también tenía un parentesco de sangre con Pura Vicario, la

1 **una huella** *aquí:* sentimiento profundo que deja up en otra u otras – 1 **reprimir** *aquí:* evitar que se de a conocer uc – 5 **devolver** regresar algo al lugar de donde salió – 6 **ser virgen** up que no ha tenido relaciones sexuales – 7 **voltear** *aquí:* analizar, examinar – 8 **al derecho y al revés** por todos lados – 9 **comprometer** *aquí:* poner en dificultades o en peligro a up – 10 **un enredo** *aquí:* problema, confusión – 16 **un fado** canción portuguesa triste y fatalista – 25 **nudo cifrado** conocimiento público que debería ser secreto – 27 **la madrina** mujer que acompaña a up en la ceremonia del bautizo o algún otro sacramento y acepta las obligaciones morales y religiosas hacia ella – 28 **un parentesco** relación que existe entre los *parientes* (Verwandtschaft)

madre de la novia devuelta. Sin embargo, no había acabado de escuchar la noticia cuando ya se había puesto los zapatos de tacones y la mantilla de iglesia que sólo usaba entonces para las visitas de pésame. Mi padre, que había oído todo desde la cama, apareció en piyama en el comedor y le preguntó alarmado para dónde iba.

—A prevenir a mi comadre Plácida —contestó ella—. No es justo que todo el mundo sepa que le van a matar el hijo, y que ella sea la única que no lo sabe.

—Tenemos tantos vínculos con ella como con los Vicario —dijo mi padre.

—Hay que estar siempre de parte del muerto —dijo ella.

Mis hermanos menores empezaron a salir de los otros cuartos. Los más pequeños, tocados por el soplo de la tragedia, rompieron a llorar. Mi madre no les hizo caso, por una vez en la vida, ni le prestó atención a su esposo.

—Espérate y me visto —le dijo él.

Ella estaba ya en la calle. Mi hermano Jaime, que entonces no tenía más de siete años, era el único que estaba vestido para la escuela.

—Acompáñala tú —ordenó mi padre.

Jaime corrió detrás de ella sin saber qué pasaba ni para dónde iban, y se agarró de su mano. «Iba hablando sola —me dijo Jaime—. Hombres de mala ley, decía en voz muy baja, animales de mierda que no son capaces de hacer nada que no sean desgracias.» No se daba cuenta ni siquiera de que llevaba al niño de la mano. «Debieron pensar que me había vuelto loca —me dijo—. Lo único que recuerdo es que se oía a lo lejos un ruido de mucha gente, como si hubiera vuelto a empezar la fiesta de la boda, y que todo el mundo corría en dirección de

3 **un tacón** pieza trasera del zapato que va adherida a la parte del talón – 3 **una mantilla** prenda se seda, lana u otro tejido que usan las mujeres para cubrirse la cabeza, especialmente para entrar a la iglesia – 4 **el pésame** muestra de pesar por la muerte de up – 7 **la comadre** madrina de bautizo de un niño respecto del padre, la madre o el padrino – 10 **un vínculo** algo que relaciona a up o uc con otra u otras – 14 **un soplo** *aquí:* aviso – 15 **romper** *aquí:* empezar, comenzar – 24 **mala ley** sin principios

la plaza.» Apresuró el paso, con la determinación de que era capaz cuando estaba una vida de por medio, hasta que alguien que corría en sentido contrario se compadeció de su desvarío.

—No se moleste, Luisa Santiaga —le gritó al pasar—. Ya lo mataron.

1 **apresurar el paso** caminar más rápido – 3 **compadecerse** sentirse mal por la desgracia del otro – 3 **el desvarío** locura pasajera, delirio – 4 **al pasar** instante en que up está caminando frente a un lugar o frente a otra persona

Bayardo San Román, el hombre que devolvió a la esposa, había venido por primera vez en agosto del año anterior: seis meses antes de la boda. Llegó en el buque semanal con unas alforjas guarnecidas de plata que hacían juego con las hebillas de la correa y las argollas de los botines. Andaba por los treinta años, pero muy bien escondidos, pues tenía una cintura angosta de novillero, los ojos dorados, y la piel cocinada a fuego lento por el salitre. Llegó con una chaqueta corta y un pantalón muy estrecho, ambos de becerro natural, y unos guantes de cabritilla del mismo color. Magdalena Oliver había venido con él en el buque y no pudo quitarle la vista de encima durante el viaje. «Parecía marica —me dijo—. Y era una lástima, porque estaba como para embadurnarlo de mantequilla y comérselo vivo.» No fue la única que lo pensó, ni tampoco la última en darse cuenta de que Bayardo San Román no era un hombre de conocer a primera vista.

Mi madre me escribió al colegio a fines de agosto y me decía en una nota casual: «Ha venido un hombre muy raro.» En la carta siguiente me decía: «El hombre raro se llama Bayardo San Román, y todo el mundo dice que es encantador, pero yo no lo he visto.» Nadie supo nunca a qué vino. A alguien que no resistió la tentación de preguntárselo, un poco antes de la boda, le contestó: «Andaba de pueblo en pueblo buscando con quien casarme.» Podía haber sido verdad, pero lo mismo hubiera contestado cualquier otra cosa, pues tenía una manera de hablar que más bien le servía para ocultar que para decir.

4 **una alforja** conjunto de dos bolsas de piel gruesa unidas por una banda y que se colocan sobre el lomo del caballo para poder transportar cosas – 4 **guarnecer** austatten – 4 **hacer juego** dos cosas que van bien juntas – 4 **una hebilla** pieza, generalmente metálica, que sujeta la correa o cinta que pasa a través de ella con un clavillo – 5 **una correa** tira de cuero que sirve para sujetar los pantalones – 5 **una argolla** aro grueso que sirve para amarrar algo a él – 5 **un botín** bota que cubre hasta el tobillo – 5 **andaba por** *aquí:* tenía cerca de – 7 **un novillero** up que sólo torea *reses* (Vieh) de dos a tres años (novillos) – 8 **el salitre** sustancia salina que surge en tierras y paredes donde hay humedad – 9 **un becerro** novillo – 10 **una cabritilla** piel *curtida* (gegerbt) de cualquier animal pequeño – 12 **un marica** *despect* homosexual – 13 **embadurnar** *untar* (einschmieren) una sustancia pegajosa o cremosa – 20 **encantador** up que es muy agradable, que da una muy buena impresión – 22 **resistir la tentación** detenerse ante un deseo, controlarse

La noche en que llegó dio a entender en el cine que era ingeniero de trenes, y habló de la urgencia de construir un ferrocarril hasta el interior para anticiparnos a las veleidades del río. Al día siguiente tuvo que mandar un telegrama, y él mismo lo transmitió con el manipulador, y además le enseñó al telegrafista una fórmula suya para seguir usando las pilas agotadas. Con la misma propiedad había hablado de enfermedades fronterizas con un médico militar que pasó por aquellos meses haciendo la leva. Le gustaban las fiestas ruidosas y largas, pero era de buen beber, separador de pleitos y enemigo de juegos de manos. Un domingo después de misa desafió a los nadadores más diestros, que eran muchos, y dejó rezagados a los mejores con veinte brazadas de ida y vuelta a través del río. Mi madre me lo contó en una carta, y al final me hizo un comentario muy suyo: «Parece que también está nadando en oro.» Esto respondía a la leyenda prematura de que Bayardo San Román no solo era capaz de hacer todo, y de hacerlo muy bien, sino que además disponía de recursos interminables. Mi madre le dio la bendición final en una carta de octubre. «La gente lo quiere mucho —me decía—, porque es honrado y de buen corazón, y el domingo pasado comulgó de rodillas y ayudó a la misa en latín.» En ese tiempo no estaba permitido comulgar de pie y sólo se oficiaba en latín, pero mi madre suele hacer esa clase de precisiones superfluas cuando quiere llegar al fondo de las cosas. Sin embargo, después de ese

3 **un ferrocarril** tren – 3 **anticiparse a uc** prepararse, prevenirse – 3 **una veleidad** comportamiento *caprichoso* (launisch) – 5 **un manipulador** aparato destinado a abrir y cerrar el circuito en las líneas telegráficas – 7 **agotado** *aquí:* que ya no queda nada de uc – 7 **la propiedad** utilizar el lenguaje de manera precisa y exacta – 8 **la enfermedad fronteriza** enfermedades venéreas que se dan en las fronteras por los prostíbulos y donde hay militares – 9 **la leva** *reclutar* (rekrutieren) civiles para el servicio militar – 10 **un pleito** pelea, lucha – 11 **un juego de manos** darse palmadas unos a otros por diversión o afecto – 12 **desafiar** provocar a up para que haga uc – 12 **diestro** up experta en alguna actividad – 13 **una brazada** movimiento circular o semicircular que se realiza con los brazos al nadar – 18 **los recursos** dinero, riqueza – 19 **interminable** algo que no acaba, infinito, eterno – 21 **honrado** actuar con decencia – 21 **comulgar** recibir la comunión – 23 **oficiar** celebración de la misa – 24 **precisión** *aquí:* descripción detallada – 24 **superfluo** ≠ necesario

veredicto consagratorio me escribió dos cartas más en las que nada me decía sobre Bayardo San Román, ni siquiera cuando fue demasiado sabido que quería casarse con Ángela Vicario. Sólo mucho después de la boda desgraciada me confesó que lo había conocido cuando ya era muy tarde para corregir la carta de octubre, y que sus ojos de oro le habían causado un estremecimiento de espanto.

—Se me pareció al diablo —me dijo—, pero tú mismo me habías dicho que esas cosas no se deben decir por escrito.

Lo conocí poco después que ella, cuando vine a las vacaciones de Navidad, y no lo encontré tan raro como decían. Me pareció atractivo, en efecto, pero muy lejos de la visión idílica de Magdalena Oliver. Me pareció más serio de lo que hacían creer sus travesuras, y de una tensión recóndita apenas disimulada por sus gracias excesivas. Pero sobre todo, me pareció un hombre muy triste. Ya para entonces había formalizado su compromiso de amores con Ángela Vicario.

Nunca se estableció muy bien cómo se conocieron. La propietaria de la pensión de hombres solos donde vivía Bayardo San Román, contaba que éste estaba haciendo la siesta en un mecedor de la sala, a fines de setiembre, cuando Ángela Vicario y su madre atravesaron la plaza con dos canastas de flores artificiales. Bayardo San Román despertó a medias, vio las dos mujeres vestidas de negro inclemente que parecían los únicos seres vivos en el marasmo de las dos de la tarde, y preguntó quién era la joven. La propietaria le contestó que era la hija menor de la mujer que la acompañaba, y que se

1 **el veredicto** *aquí:* opinión tomada después de analizar una situación – 1 **consagratorio** considerar a up o uc sagrada – 7 **un estremecimiento** sentir una *sacudida* (Schütteln) nerviosa por una emoción – 14 **una travesura** acción *ingeniosa* (einfallsreich) realizada generalmente por un niño por diversión o juego – 14 **recóndito** algo que está muy escondido, oculto – 15 **disimular** *aquí:* ocultar un sentimiento – 17 **un compromiso (de amores)** promesa de matrimonio – 18 **establecer** *aquí:* decir con exactitud – 21 **un mecedor** silla que se mueve rítmicamente de un lado a otro sin cambiar de lugar – 23 **una canasta** Korb – 24 **inclemente** *aquí:* estricto, severo – 25 **un marasmo** inmovilidad, pasividad, languidez

llamaba Ángela Vicario. Bayardo San Román las siguió con la mirada hasta el otro extremo de la plaza.

—Tiene el nombre bien puesto —dijo.

Luego recostó la cabeza en el espaldar del mecedor, y volvió a cerrar los ojos.

—Cuando despierte —dijo—, recuérdame que me voy a casar con ella.

Ángela Vicario me contó que la propietaria de la pensión le había hablado de este episodio desde antes de que Bayardo San Román la requiriera en amores. «Me asusté mucho», me dijo. Tres personas que estaban en la pensión confirmaron que el episodio había ocurrido, pero otras cuatro no lo creyeron cierto. En cambio, todas las versiones coincidían en que Ángela Vicario y Bayardo San Román se habían visto por primera vez en las fiestas patrias de octubre, durante una verbena de caridad en la que ella estuvo encargada de cantar las rifas. Bayardo San Román llegó a la verbena y fue derecho al mostrador atendido por la rifera lánguida cerrada de luto hasta la empuñadura, y le preguntó cuánto costaba la ortofónica con incrustaciones de nácar que había de ser el atractivo mayor de la feria. Ella le contestó que no estaba para la venta sino para rifar.

—Mejor —dijo él—, así será más fácil, y además, más barata.

Ella me confesó que había logrado impresionarla, pero por razones contrarias del amor. «Yo detestaba a los hombres altaneros, y nunca había visto uno con tantas ínfulas —me dijo,

2 **un extremo** punto, orilla – 4 **recostar** *inclinar* (neigen) la parte superior del cuerpo – 4 **un espaldar** parte de un asiento en donde se recarga la espalda – 10 **requerir en amores** cuando up quiere establecer una relación amorosa con otra – 16 **una verbena** fiesta popular que se celebra en la calle o al aire libre con música y baile – 16 **cantar una rifa** decir los resultados de la *rifa* (Verlosung) – 18 **lánguido** flaco, débil, cansado – 18 **el luto** manifestación externa del dolor por la muerte de up usando ropa de color negro – 18 **hasta la empuñadura** *fig* por completo – 19 **una ortofónica** Grammofon – 20 **una incrustación** meter en una superficie lisa y dura piedras, metales u otros materiales para adornarla – 20 **el nácar** Perlmutt – 24 **lograr** obtener uc que uno desea – 24 **impresionar** sorprender, deslumbrar, asombrar – 25 **detestar** odiar – 26 **altanero** ≠ humilde, sencillo – 26 **una ínfula** vanidad, altaneria

evocando aquel día—. Además, pensé que era un polaco.» Su contrariedad fue mayor cuando cantó la rifa de la ortofónica, en medio de la ansiedad de todos, y en efecto se la ganó Bayardo San Román. No podía imaginarse que él, sólo por impresionarla, había comprado todos los números de la rifa.

Esa noche, cuando volvió a su casa, Ángela Vicario encontró allí la ortofónica envuelta en papel de regalo y adornada con un lazo de organza. «Nunca pude saber cómo supo que era mi cumpleaños», me dijo. Le costó trabajo convencer a sus padres de que no le había dado ningún motivo a Bayardo San Román para que le mandara semejante regalo, y menos de una manera tan visible que no pasó inadvertido para nadie. De modo que sus hermanos mayores, Pedro y Pablo, llevaron la ortofónica al hotel para devolvérsela a su dueño, y lo hicieron con tanto revuelo que no hubo nadie que la viera venir y no la viera regresar. Con lo único que no contó la familia fue con los encantos irresistibles de Bayardo San Román. Los gemelos no reaparecieron hasta el amanecer del día siguiente, turbios de la borrachera, llevando otra vez la ortofónica y llevando además a Bayardo San Román para seguir la parranda en la casa.

Ángela Vicario era la hija menor de una familia de recursos escasos. Su padre, Poncio Vicario, era orfebre de pobres, y la vista se le acabó de tanto hacer primores de oro para mantener el honor de la casa. Purísima del Carmen, su madre, había sido maestra de escuela hasta que se casó para siempre. Su aspecto manso y un tanto afligido disimulaba muy bien el rigor de su carácter. «Parecía una monja», recuerda Mercedes.

1 **un polaco** up que nació en Polonia – 8 **un lazo** *cinta* (Streifen) que se amarra en forma de ocho y se usa para adornar – 8 **la organza** tela de seda muy suave y transparente – 12 **pasar inadvertido** up o uc que no se nota – 15 **un revuelo** alboroto – 17 **el encanto** actos agradables de up – 18 **turbio** *aquí:* confuso, falto de claridad – 19 **una borrachera** ocasión en que se toman bebidas alcoholicas sin límite – 22 **escaso** ≠ abundante, mucho – 22 **un orfebre** up que trabaja el oro, la plata u otros metales para crear joyas y objetos artísticos – 23 **un primor** uc hermosa – 26 **manso** tranquilo, dócil – 26 **afligido** triste, preocupado – 27 **el rigor** dureza, disciplina

Se consagró con tal espíritu de sacrificio a la atención del esposo y a la crianza de los hijos, que a uno se le olvidaba a veces que seguía existiendo. Las dos hijas mayores se habían casado muy tarde. Además de los gemelos, tuvieron una hija intermedia que había muerto de fiebres crepusculares, y dos años después seguían guardándole un luto aliviado dentro de la casa, pero riguroso en la calle. Los hermanos fueron criados para ser hombres. Ellas habían sido educadas para casarse. Sabían bordar con bastidor, coser a máquina, tejer encaje de bolillo, lavar y planchar, hacer flores artificiales y dulces de fantasía, y redactar esquelas de compromiso. A diferencia de las muchachas de la época, que habían descuidado el culto de la muerte, las cuatro eran maestras en la ciencia antigua de velar a los enfermos, confortar a los moribundos y amortajar a los muertos. Lo único que mi madre les reprochaba era la costumbre de peinarse antes de dormir. «Muchachas —les decía—: no se peinen de noche que se retrasan los navegantes.» Salvo por eso, pensaba que no había hijas mejor educadas. «Son perfectas —le oía decir con frecuencia—. Cualquier hombre será feliz con ellas, porque han sido criadas para sufrir.» Sin embargo, a los que se casaron con las dos mayores les fue difícil romper el cerco, porque siempre iban juntas a todas partes, y organizaban bailes de mujeres solas y

1 **consagrarse** dedicarse con eficacia, atención y cuidado a una actividad importante – 1 **un sacrificio** trabajo o esfuerzo que hace una persona para conseguir uc – 2 **la crianza** educación de los hijos – 5 **la fiebre crepuscular** elevación de la temperatura del cuerpo que ocurre durante la noche – 6 **aliviado** *aquí:* relajado, moderado – 9 **bordar** besticken – 9 **un bastidor** estructura de madera o metal en el que se fija una tela para bordar o pintar – 9 **tejer** stricken – 9 **un encaje de bolillo** geklöppelte Spitze – 11 **redactar** escribir – 11 **una esquela de compromiso** *aquí:* carta breve para anunciar un compromiso – 12 **descuidar** no preocuparse o prestar atención a uc o a up – 14 **velar** cuidar – 14 **confortar** *consolar* (trösten) a up – 14 **moribundo** up que está próxima a morir – 14 **amortajar** poner la *vestidura* (Leichentuch) con que se envuelve el cadáver de up para enterrarla – 15 **reprochar** reclamar uc a up – 17 **retrasar** hacer que algo vaya más lento – 18 **un navegante** up que viaja en una embarcación, generalmente en el mar – 22 **romper el cerco** *fig* liberarse

estaban predispuestas a encontrar segundas intenciones en los designios de los hombres.

Ángela Vicario era la más bella de las cuatro, y mi madre decía que había nacido como las grandes reinas de la historia con el cordón umbilical enrollado en el cuello. Pero tenía un aire desamparado y una pobreza de espíritu que le auguraban un porvenir incierto. Yo volvía a verla año tras año, durante mis vacaciones de Navidad, y cada vez parecía más desvalida en la ventana de su casa, donde se sentaba por la tarde a hacer flores de trapo y a cantar valses de solteras con sus vecinas. «Ya está de colgar en un alambre —me decía Santiago Nasar—: tu prima la boba.» De pronto, poco antes del luto de la hermana, la encontré en la calle por primera vez, vestida de mujer y con el cabello rizado, y apenas si pude creer que fuera la misma. Pero fue una visión momentánea: su penuria de espíritu se agravaba con los años. Tanto, que cuando se supo que Bayardo San Román quería casarse con ella, muchos pensaron que era una perfidia de forastero.

La familia no solo lo tomó en serio, sino con un grande alborozo. Salvo Pura Vicario, quien puso como condición que Bayardo San Román acreditara su identidad. Hasta entonces nadie sabía quién era. Su pasado no iba más allá de la tarde en que desembarcó con su atuendo de artista, y era tan reservado sobre su origen que hasta el engendro más demente podía ser cierto. Se llegó a decir que había arrasado pueblos y sembrado el terror en Casanare como comandante de tropa, que era

1 **estar predispuesto** esperar una situación con una idea negativa – 2 **un designio** plan, propósito – 5 **el cordón umbilical** órgano largo y flexible que conecta al bebé con la madre para recibir alimento – 5 **enrollar** envolver algo en forma de cilindro – 5 **el cuello** parte del cuerpo que une la cabeza con el *tronco* (Rumpf) – 6 **desamparado** sin protección – 6 **augurar** profetizar, pronosticar – 7 **incierto** dudoso, inseguro – 8 **desvalido** desamparado – 10 **un trapo** pedazo de tela – 10 **ya está de colgar en un alambre** *fig* up delgada y en malas condiciones – 12 **bobo** tonto, estúpido – 15 **la penuria** ≠ riqueza, abundancia – 16 **agravar** empeorar, aumentar – 18 **la perfidia** traición a up – 20 **el alborozo** gran alegría – 21 **acreditar** *demostrar* (beweisen) que up es quien dice ser – 24 **un engendro** criatura deforme, monstruo – 24 **un demente** loco – 25 **arrasar** terminar con uc completamente – 25 **sembrar** *aquí:* propagar (verbreiten)

prófugo de Cayena, que lo habían visto en Pernambuco tratando de medrar con una pareja de osos amaestrados, y que había rescatado los restos de un galeón español cargado de oro en el canal de los Vientos. Bayardo San Román le puso término a tantas conjeturas con un recurso simple: trajo a su familia en pleno.

Eran cuatro: el padre, la madre y dos hermanas perturbadoras. Llegaron en un Ford T con placas oficiales cuya bocina de pato alborotó las calles a las once de la mañana. La madre, Alberta Simonds, una mulata grande de Curazao que hablaba el castellano todavía atravesado de papiamento, había sido proclamada en su juventud como la más bella entre las 200 más bellas de las Antillas. Las hermanas, acabadas de florecer, parecían dos potrancas sin sosiego. Pero la carta grande era el padre: el general Petronio San Román, héroe de las guerras civiles del siglo anterior, y una de las glorias mayores del régimen conservador por haber puesto en fuga al coronel Aureliano Buendía en el desastre de Tucurinca. Mi madre fue la única que no fue a saludarlo cuando supo quién era. «Me parecía muy bien que se casaran —me dijo—. Pero una cosa era eso, y otra muy distinta era darle la mano a un hombre que ordenó dispararle por la espalda a Gerineldo Márquez.»

1 **prófugo** up que huye de la justicia – 1 **Cayena** ciudad francesa en América, capital del departamento de ultramar de la Guyana Francesa – 1 **Pernambuco** estado al noroeste de Brasil – 2 **medrar** mejorar, prosperar – 3 **un galeón** barco de vela muy lento que se usaba para la guerra y el comercio entre América y España en los siglos XV y XVII – 4 **Canal de los vientos** o *Paso de los vientos*, es un canal situado entre Cuba y el noroeste de la República de Haití – 5 **una conjetura** hipótesis que surge de algunos hechos que son insuficientes para llegar a una conclusión – 8 **perturbador** ≠ tranquilo, pacífico – 8 **una placa** pedazo de metal que llevan los automóviles para indicar el número de *matrícula* (Kennzeichen) – 9 **bocina de pato** bocina eléctrica usada en los autos que hace un sonido parecido al graznido de un pato – 11 **el papiamento** idioma o lengua criolla de Curazao, en el Caribe – 12 **proclamar** elegir, coronar – 14 **un potranco** *caballo* (Pferd) que no tiene más de tres años – 14 **el sosiego** tranquilidad, paz, calma – 16 **la gloria** fama, esplendor – 17 **poner en fuga** *obligar* (zwingen) a up a escapar de algo – 18 **Aureliano Buendia** personaje de la novela *Cien años de soledad* de García Márquez – 18 **un desastre** catástrofe – 18 **Tucurinca** ciudad al norte de Colombia – 22 **Gerineldo Márquez** personaje de *Cien años de soledad*

Desde que asomó por la ventana del automóvil saludando con el sombrero blanco, todos lo reconocieron por la fama de sus retratos. Llevaba un traje de lienzo color de trigo, botines de cordobán con los cordones cruzados, y unos espejuelos de oro prendidos con pinzas en la cruz de la nariz y sostenidos con una leontina en el ojal del chaleco. Llevaba la medalla del valor en la solapa y un bastón con el escudo nacional esculpido en el pomo. Fue el primero que se bajó del automóvil, cubierto por completo por el polvo ardiente de nuestros malos caminos, y no tuvo más que aparecer en el pescante para que todo el mundo se diera cuenta de que Bayardo San Román se iba a casar con quien quisiera.

Era Ángela Vicario quien no quería casarse con él. «Me parecía demasiado hombre para mí», me dijo. Además, Bayardo San Román no había intentado siquiera seducirla a ella, sino que hechizó a la familia con sus encantos. Ángela Vicario no olvidó nunca el horror de la noche en que sus padres y sus hermanas mayores con sus maridos, reunidos en la sala de la casa, le impusieron la obligación de casarse con un hombre que apenas había visto. Los gemelos se mantuvieron al margen. «Nos pareció que eran vainas de mujeres», me dijo

1 **asomar** *aquí:* aparecer una parte del cuerpo por detrás de un objeto – 2 **la fama** éxito, popularidad, gloria – 3 **un retrato** pintura, dibujo o fotografía que representa a up o uc – 3 **un lienzo** tela de lino, *cáñamo* (Hanf) o algodón – 4 **cordobán** piel curtida de *macho cabrío* (Ziegenbock) o de *cabra* (Ziege) – 4 **un cordón** cuerda delgada de materiales finos usada para atarse los zapatos – 4 **unos espejuelos** anteojos, gafas – 5 **prender** poner en uc otra cosa para que no se mueva o caiga – 5 **una pinza** instrumento cuyos extremos se juntan para poder sujetar uc – 5 **sostener** fijar uc para que no se pueda caer – 6 **una leontina** cinta o cadena colgante del reloj de bolsillo – 6 **un ojal** pequeña abertura en una prenda de vestir para *abrochar* (zuknöpfen) un botón – 6 **un chaleco** prenda de vestir sin mangas hasta la cintura y se usa sobre la blusa o la camisa – 6 **el valor** ≠ el miedo, la cobardía – 7 **una solapa** Revers – 7 **un escudo** superficie sobre la cual se hace una figura o dibujo y es el símbolo oficial de una familia, un país, etc – 7 **esculpir** trabajar un material como la madera o la piedra dándole una forma específica – 8 **un pomo** extremo superior de forma redonda del bastón – 8 **cubrir** tapar uc con otra – 9 **ardiente** uc que produce mucho calor – 10 **un pescante** asiento del conductor de un automóvil – 16 **hechizar** cuando up con su encanto gana el aprecio de otras personas – 19 **una obligación** uc que up tiene que hacer por fuerza – 20 **mantenerse al margen** *loc adv* up que no participa en algo – 21 **una vaina** *AmS* uc cualquiera

Pablo Vicario. El argumento decisivo de los padres fue que una familia dignificada por la modestia no tenía derecho a despreciar aquel premio del destino. Ángela Vicario se atrevió apenas a insinuar el inconveniente de la falta de amor, pero su madre lo demolió con una sola frase:

—También el amor se aprende.

A diferencia de los noviazgos de la época, que eran largos y vigilados, el de ellos fue de sólo cuatro meses por las urgencias de Bayardo San Román. No fue más corto porque Pura Vicario exigió esperar a que terminara el luto de la familia. Pero el tiempo alcanzó sin angustias por la manera irresistible con que Bayardo San Román arreglaba las cosas. «Una noche me preguntó cuál era la casa que más me gustaba —me contó Ángela Vicario—. Y yo le contesté, sin saber para qué era, que la más bonita del pueblo era la quinta del viudo de Xius.» Yo hubiera dicho lo mismo. Estaba en una colina barrida por los vientos, y desde la terraza se veía el paraíso sin límite de las ciénagas cubiertas de anémonas moradas, y en los días claros del verano se alcanzaba a ver el horizonte nítido del Caribe, y los trasatlánticos de turistas de Cartagena de Indias. Bayardo San Román fue esa misma noche al Club Social y se sentó a la mesa del viudo de Xius a jugar una partida de dominó.

—Viudo —le dijo—: le compro su casa.

—No está a la venta —dijo el viudo.

—Se la compro con todo lo que tiene dentro.

1 **decisivo** definitivo – 2 **dignificado** ≠ humillado – 2 **la modestia** *aquí:* pobreza, escasez de medios – 3 **despreciar** ≠ respetar, estimar – 3 **un premio** *aquí:* regalo extraodinario – 3 **un destino** fuerza que guía la vida de up y no se puede cambiar ni detener – 4 **insinuar** decir uc de manera sutil o indirecta – 4 **un inconveniente** *aquí:* problema, contrariedad – 5 **demoler** *derribar* (umwerfen), deshacer – 7 **el noviazgo** tiempo que dura una relación amorosa entre dos personas – 8 **vigilar** *aquí:* controlar, observar cuidadosamente – 10 **exigir** pedir uc de manera imperativa – 11 **una angustia** intranquilidad, desesperación – 12 **arreglar** *aquí:* conseguir, obtener, lograr – 15 **una quinta** casa rodeada de un área verde situada en el campo o a orillas de una ciudad – 15 **un viudo** hombre a quien se le ha muerto la esposa – 16 **una colina** elevación del terreno de poca altura – 18 **morado** color violeta oscuro – 19 **nítido** claro – 20 **un trasatlántico** buque destinado a navegar el atlántico u otro gran mar – 20 **Cartagena de Indias** ciudad colombiana localizada a orillas del mar Caribe

El viudo de Xius le explicó con una buena educación a la antigua que los objetos de la casa habían sido comprados por la esposa en toda una vida de sacrificios, y que para él seguían siendo como parte de ella. «Hablaba con el alma en la mano —me dijo el doctor Dionisio Iguarán, que estaba jugando con ellos—. Yo estaba seguro que prefería morirse antes que vender una casa donde había sido feliz durante más de treinta años.» También Bayardo San Román comprendió sus razones.

—De acuerdo —dijo—. Entonces véndame la casa vacía.

Pero el viudo se defendió hasta el final de la partida. Al cabo de tres noches, ya mejor preparado, Bayardo San Román volvió a la mesa de dominó.

—Viudo —empezó de nuevo—: ¿Cuánto cuesta la casa?

—No tiene precio.

—Diga uno cualquiera.

—Lo siento, Bayardo —dijo el viudo—, pero ustedes los jóvenes no entienden los motivos del corazón.

Bayardo San Román no hizo una pausa para pensar.

—Digamos cinco mil pesos —dijo.

—Juega limpio —le replicó el viudo con la dignidad alerta—. Esa casa no vale tanto.

—Diez mil —dijo Bayardo San Román—. Ahora mismo, y con un billete encima del otro.

El viudo lo miró con los ojos llenos de lágrimas. «Lloraba de rabia —me dijo el doctor Dionisio Iguarán, que además de médico era hombre de letras—. Imagínate: semejante cantidad al alcance de la mano, y tener que decir que no por una simple flaqueza del espíritu.» Al viudo de Xius no le salió la voz, pero negó sin vacilación con la cabeza.

—Entonces hágame un último favor —dijo Bayardo San Román—. Espéreme aquí cinco minutos.

4 **con el alma en la mano** *fig* con *sinceridad* (Ehrlichkeit) – 20 **la dignidad** Würde, Ehre – 20 **alerta** que está atento para responder a uc – 26 **un hombre de letras** up que se dedica a la literatura – 28 **una flaqueza** falta de resistencia moral ante uc – 29 **la vacilación** indecisión, duda

Cinco minutos después, en efecto, volvió al Club Social con las alforjas enchapadas de plata, y puso sobre la mesa diez gavillas de billetes de a mil todavía con las bandas impresas del Banco del Estado. El viudo de Xius murió dos años después. «Se murió de eso —decía el doctor Dionisio Iguarán—. Estaba más sano que nosotros, pero cuando uno lo auscultaba se le sentían borboritar las lágrimas dentro del corazón.» Pues no sólo había vendido la casa con todo lo que tenía dentro, sino que le pidió a Bayardo San Román que le fuera pagando poco a poco porque no le quedaba ni un baúl de consolación para guardar tanto dinero.

Nadie hubiera pensado, ni lo dijo nadie, que Ángela Vicario no fuera virgen. No se le había conocido ningún novio anterior y había crecido junto con sus hermanas bajo el rigor de una madre de hierro. Aun cuando le faltaban menos de dos meses para casarse, Pura Vicario no permitió que fuera sola con Bayardo San Román a conocer la casa en que iban a vivir, sino que ella y el padre ciego la acompañaron para custodiarle la honra. «Lo único que le rogaba a Dios es que me diera valor para matarme —me dijo Ángela Vicario—. Pero no me lo dio.» Tan aturdida estaba que había resuelto contarle la verdad a su madre para librarse de aquel martirio, cuando sus dos únicas confidentes, que la ayudaban a hacer flores de trapo junto a

2 **enchapado** plattiert – 3 **una gavilla** *manojo* (Handvoll), *haz* (Bündel) – 6 **auscultar** escuchar los sonidos producidos en el cuerpo, en especial en el corazón, *vasos* (Gefäße) y aparato respiratorio para determinar el estado físico de up – 7 **borboritar** burbujas que forma un líquido al salir de un lugar – 10 **un baúl** caja grande y rectangular, de tapa abombada, usado regularmente para guardar ropa – 10 **la consolación** alivio de una pena – 14 **crecer** *aquí:* desarrollo de la vida de up desde su nacimiento año por año – 15 **de hierro** *loc adj* algo que es muy fuerte y firme – 18 **un ciego** up que no puede ver – 18 **custodiar** cuidar a up con cuidado para evitar un peligro – 19 **la honra** *aquí:* de acuerdo a la moral tradicional, el *recato* (Zurückhaltung) de la mujer especialmente en cuanto a la sexualidad – 19 **rogar** pedir algo con humildad e insistencia – 21 **aturdido** up que actua confusamente por tener alterados los sentidos como resultado de un golpe, demasiado ruido, etc – 22 **librarse** deshacerse de uc, up o una situación desagradable – 22 **un martirio** sufrimiento intenso ya sea físico o moral – 23 **un confidente** up a la que otra persona le cuenta sus penas y secretos

la ventana, la disuadieron de su buena intención. «Les obedecí a ciegas —me dijo— porque me habían hecho creer que eran expertas en chanchullos de hombres.» Le aseguraron que casi todas las mujeres perdían la virginidad en accidentes de la infancia. Le insistieron en que aun los maridos más difíciles se resignaban a cualquier cosa siempre que nadie lo supiera. La convencieron, en fin, de que la mayoría de los hombres llegaban tan asustados a la noche de bodas, que eran incapaces de hacer nada sin la ayuda de la mujer, y a la hora de la verdad no podían responder de sus propios actos. «Lo único que creen es lo que vean en la sábana», le dijeron. De modo que le enseñaron artimañas de comadronas para fingir sus prendas perdidas, y para que pudiera exhibir en su primera mañana de recién casada, abierta al sol en el patio de su casa, la sábana de hilo con la mancha del honor.

Se casó con esa ilusión. Bayardo San Román, por su parte, debió casarse con la ilusión de comprar la felicidad con el peso descomunal de su poder y su fortuna, pues cuanto más aumentaban los planes de la fiesta, más ideas de delirio se le ocurrían para hacerla más grande. Trató de retrasar la boda por un día cuando se anunció la visita del obispo, para que éste los casara, pero Ángela Vicario se opuso. «La verdad —me dijo— es que yo no quería ser bendecida por un hombre que sólo cortaba las crestas para la sopa y botaba en la basura el resto del gallo.» Sin embargo, aun sin la bendición del obispo,

1 **disuadir** *convencer* (überreden) a up para que no lleve a cabo uc que había planeado – 1 **obedecer** cumplir lo que se ordena – 3 **un chanchullo** manejo ilegal para conseguir uc – 6 **resignarse** aceptar los hechos desagradables o dolorosos – 10 **responder por sus propios actos** tomar la responsabilidad de sus acciones – 11 **una sábana** cada una de las dos piezas de tela que se ponen en la cama para dormir entre ellas – 12 **una artimaña** trampa o engaño – 12 **una comadrona** mujer que ayuda en el *parto* (Geburt) sin tener preparación profesional – 12 **fingir** presentar uc como real aunque no lo es – 12 **una prenda** uc que se da a up en prueba de algo – 13 **exhibir** enseñar uc públicamente – 15 **una mancha** porción de un líquido u otra cosa de un color fuerte que ensucia una superficie clara – 18 **descomunal** monumental, enorme – 19 **el delirio** excitación mental causada por una fuerte pasión – 20 **retrasar** *aquí:* cambiar la fecha para después, posponer – 24 **botar** *fam* tirar uc (wegwerfen)

la fiesta adquirió una fuerza propia tan difícil de amaestrar, que al mismo Bayardo San Román se le salió de las manos y terminó por ser un acontecimiento público.

El general Petronio San Román y su familia vinieron esta vez en el buque de ceremonias del Congreso Nacional, que permaneció atracado en el muelle hasta el término de la fiesta, y con ellos vinieron muchas gentes ilustres que sin embargo pasaron inadvertidas en el tumulto de caras nuevas. Trajeron tantos regalos, que fue preciso restaurar el local olvidado de la primera planta eléctrica para exhibir los más admirables, y el resto los llevaron de una vez a la antigua casa del viudo de Xius que ya estaba dispuesta para recibir a los recién casados. Al novio le regalaron un automóvil convertible con su nombre grabado en letras góticas bajo el escudo de la fábrica. A la novia le regalaron un estuche de cubiertos de oro puro para veinticuatro invitados. Trajeron además un espectáculo de bailarines, y dos orquestas de valses que desentonaron con las bandas locales, y con las muchas papayeras y grupos de acordeones que venían alborotados por la bulla de la parranda.

La familia Vicario vivía en una casa modesta, con paredes de ladrillos y un techo de palma rematado por dos buhardas donde se metían a empollar las golondrinas en enero. Tenía en

1 **adquirir** *aquí:* alcanzar, adueñarse – 2 **salirse de las manos (uc)** *loc* perder el control sobre uc – 3 **un acontecimiento** evento – 6 **atracar** *amarrar* (festbinden) una embarcación a otra o a tierra – 7 **ilustre** importante, *célebre* (berühmt) – 8 **un tumulto** gran cantidad de gente haciendo un alboroto – 9 **preciso** necesario – 10 **una planta eléctrica** instalación industrial donde se produce la electricidad – 10 **admirable** grandioso, magnífico – 12 **un recién casado** up que acaba de casarse – 13 **automóvil convertible** auto con una *capota* (Verdeck) que se puede doblar – 14 **grabar** escribir letras o figuras sobre una superficie de piedra, metal o madera – 15 **un estuche** caja hecha para guardar objetos de valor o muy delicados – 15 **los cubiertos** instrumentos utilizados para comer (cuchara, tenedor y cuchillo) – 17 **desentonar** no estar *acorde* (übereinstimmend) con el entorno – 18 **una papayera** *AmS coloq* grupo musical pequeño originario de la región caribe de Colombia – 19 **una bulla** alboroto que hace mucha gente reunida – 22 **un ladrillo** pieza de barro cocida con froma de prisma rectangular que se usa para la construcción de muros – 22 **rematar** terminar uc de cierta manera – 22 **una buharda** parte más alta de la casa inmediatamente abajo del tejado – 23 **empollar** cuando un ave calienta sus huevos para sacar pollos – 23 **una golondrina** Schwalbe

el frente una terraza ocupada casi por completo con macetas de flores, y un patio grande con gallinas sueltas y árboles frutales. En el fondo del patio, los gemelos tenían un criadero de cerdos, con su piedra de sacrificios y su mesa de destazar, que fue una buena fuente de recursos domésticos desde que a Poncio Vicario se le acabó la vista. El negocio lo había empezado Pedro Vicario, pero cuando éste se fue al servicio militar, su hermano gemelo aprendió también el oficio de matarife.

El interior de la casa alcanzaba apenas para vivir. Por eso las hermanas mayores trataron de pedir una casa prestada cuando se dieron cuenta del tamaño de la fiesta. «Imagínate —me dijo Ángela Vicario—: habían pensado en la casa de Plácida Linero, pero por fortuna mis padres se emperraron con el tema de siempre de que nuestras hijas se casan en nuestro chiquero o no se casan.» Así que pintaron la casa de su color amarillo original, enderezaron las puertas y compusieron los pisos, y la dejaron tan digna como fue posible para una boda de tanto estruendo. Los gemelos se llevaron los cerdos para otra parte y sanearon la porqueriza con cal viva, pero aun así se vio que iba a faltar espacio. Al final, por diligencias de Bayardo San Román, tumbaron las cercas del patio, pidieron prestadas para bailar las casas contiguas, y pusieron mesones de carpinteros para sentarse a comer bajo la fronda de los tamarindos.

El único sobresalto imprevisto lo causó el novio en la mañana de la boda, pues llegó a buscar a Ángela Vicario con dos horas de retraso, y ella se había negado a vestirse de novia

3 **un criadero** lugar donde se nutren y alimentan los animales – 5 **doméstico** perteneciente a la casa – 9 **un matarife** up que mata las reses en el *matadero* (Schlachthof) – 14 **emperrarse** *colq* obstinarse, no ceder – 15 **un chiquero** lugar muy sucio, lugar donde se guardan los cerdos – 17 **enderezar** poner derecha uc que está torcida – 19 **un estruendo** ostentación (Zurschaustellung) – 20 **una porqueriza** lugar donde se crían y se recogen los cerdos – 20 **la cal viva** ungelöschter Kalk – 21 **la diligencia** cuidado, prontitud y eficiencia con la que se trabaja en uc – 22 **tumbar** hacer caer o derribar uc o a up – 23 **contiguo** uc que está al lado de otra – 23 **un mesón de carpintero** mesa de trabajo de up que trabaja la madera – 24 **una fronda** abundancia de hojas de un árbol – 24 **el tamarindo** Tamarindenbaum – 25 **un sobresalto** temor, susto, inquietud – 25 **imprevisto** uc que no estaba planeada

mientras no lo viera en la casa. «Imagínate —me dijo—: hasta me hubiera alegrado de que no llegara, pero nunca que me dejara vestida.» Su cautela pareció natural, porque no había un percance público más vergonzoso para una mujer que quedarse plantada con el vestido de novia. En cambio, el hecho de que Ángela Vicario se atreviera a ponerse el velo y los azahares sin ser virgen, había de ser interpretado después como una profanación de los símbolos de la pureza. Mi madre fue la única que apreció como un acto de valor el que hubiera jugado sus cartas marcadas hasta las últimas consecuencias. «En aquel tiempo —me explicó—, Dios entendía esas cosas.» Por el contrario, nadie ha sabido todavía con qué cartas jugó Bayardo San Román. Desde que apareció por fin de levita y chistera, hasta que se fugó del baile con la criatura de sus tormentos, fue la imagen perfecta del novio feliz.

Tampoco se supo nunca con qué cartas jugó Santiago Nasar. Yo estuve con él todo el tiempo, en la iglesia y en la fiesta, junto con Cristo Bedoya y mi hermano Luis Enrique, y ninguno de nosotros vislumbró el menor cambio en su modo de ser. He tenido que repetir esto muchas veces, pues los cuatro habíamos crecido juntos en la escuela y luego en la misma pandilla de vacaciones, y nadie podía creer que tuviéramos un secreto sin compartir, y menos un secreto tan grande.

Santiago Nasar era un hombre de fiestas, y su gozo mayor lo tuvo la víspera de su muerte, calculando los costos de la

3 **dejar vestida (a una mujer)** *coloq* abandonar a una mujer el mismo día de la boda – 3 **la cautela** desconfianza, precaución – 4 **vergonzoso** sentimiento de *humillación* (Demütigung) o pérdida de la dignidad – 5 **plantar (a up)** *coloq* abandonar o dejar esperando a up – 7 **un azahar** flor blanca del naranjo y limonero que en las bodas es símbolo de pureza – 8 **una profanación** manera irrespetuosa de tratar lo sagrado – 8 **la pureza** *aquí:* virginidad – 10 **las cartas marcadas** *fig* condiciones de desventaja – 13 **una levita** vestidura masculina de etiqueta (Gehrock) – 14 **una chistera** sombrero de copa – 14 **fugarse** escaparse, huir – 14 **una criatura** uc creada por Dios – 15 **un tormento** aflicción, angustia – 15 **una imagen** idea, concepto – 19 **vislumbrar** *aquí:* sospechar uc – 22 **una pandilla** grupo de amigos que se reúnen para divertirse juntos – 23 **compartir** *aquí:* expresar up a otra sus pensamientos o emociones – 24 **el gozo** alegría intensa – 25 **calcular** cuenta o investigación hecha usando las matemáticas

boda. En la iglesia estimó que habían puesto adornos florales por un valor igual al de catorce entierros de primera clase. Esa precisión había de perseguirme durante muchos años, pues Santiago Nasar me había dicho a menudo que el olor de las flores encerradas tenía para él una relación inmediata con la muerte, y aquel día me lo repitió al entrar en el templo. «No quiero flores en mi entierro», me dijo, sin pensar que yo había de ocuparme al día siguiente de que no las hubiera. En el trayecto de la iglesia a la casa de los Vicario sacó la cuenta de las guirnaldas de colores con que adornaron las calles, calculó el precio de la música y los cohetes, y hasta de la granizada de arroz crudo con que nos recibieron en la fiesta. En el sopor del mediodía los recién casados hicieron la ronda del patio. Bayardo San Román se había hecho muy amigo nuestro, amigo de tragos, como se decía entonces, y parecía muy a gusto en nuestra mesa. Ángela Vicario, sin el velo y la corona y con el vestido de raso ensopado de sudor, había asumido de pronto su cara de mujer casada. Santiago Nasar calculaba, y se lo dijo a Bayardo San Román, que la boda iba costando hasta ese momento unos nueve mil pesos. Fue evidente que ella lo entendió como una impertinencia. «Mi madre me había enseñado que nunca se debe hablar de plata delante de la otra gente», me dijo. Bayardo San Román, en cambio, lo recibió de muy buen talante y hasta con una cierta jactancia.

—Casi —dijo—, pero apenas estamos empezando. Al final será más o menos el doble.

1 **un adorno florar** conjunto de flores colocadas en un recipiente para embellecer algún evento o lugar – 2 **un entierro** ceremonia en la que se pone bajo tierra a up muerta – 5 **encerrado** algo que permanece dentro de un lugar – 5 **inmediato** uc que sucede muy pronto, sin tardanza – 9 **un trayecto** camino que up recorre para ir de un lugar a otro – 11 **un cohete** tubo pequeño, lleno de pólvora que se eleva cuando se enciende la *mecha* (Zündschnur) y estalla en el aire – 11 **una granizada** *fig* un gran número de cosas que caen desde arriba – 12 **el sopor** letargo, adormecimiento – 13 **hacer la ronda** *aquí:* ir saludando a los invitados de mesa en mesa – 15 **el trago** *aquí:* bebida alcoholica – 17 **el raso** tela de seda, lisa y muy brillante – 17 **el sudor** humedad que sale del cuerpo por el calor – 17 **asumir** tomar forma, adquirir – 21 **una impertinencia** comportamiento indiscreto, inoportuno u ofensivo – 24 **el talante** temperamento, actitud, carácter – 24 **una jactancia** soberbia, orgullo, arrogancia

Santiago Nasar se propuso comprobarlo hasta el último céntimo, y la vida le alcanzó justo. En efecto, con los datos finales que Cristo Bedoya le dio al día siguiente en el puerto, 45 minutos antes de morir, comprobó que el pronóstico de Bayardo San Román había sido exacto.

Yo conservaba un recuerdo muy confuso de la fiesta antes de que hubiera decidido rescatarla a pedazos de la memoria ajena. Durante años se siguió hablando en mi casa de que mi padre había vuelto a tocar el violín de su juventud en honor de los recién casados, que mi hermana la monja bailó un merengue con su hábito de tornera, y que el doctor Dionisio Iguarán, que era primo hermano de mi madre, consiguió que se lo llevaran en el buque oficial para no estar aquí al día siguiente cuando viniera el obispo. En el curso de las indagaciones para esta crónica recobré numerosas vivencias marginales, y entre ellas el recuerdo de gracia de las hermanas de Bayardo San Román, cuyos vestidos de terciopelo con grandes alas de mariposas, prendidas con pinzas de oro en la espalda, llamaron más la atención que el penacho de plumas y la coraza de medallas de guerra de su padre. Muchos sabían que en la inconsciencia de la parranda le propuse a Mercedes Barcha que se casara conmigo, cuando apenas había terminado la escuela primaria, tal como ella misma me lo recordó cuando nos casamos catorce años después. La imagen más intensa que siempre conservé de aquel domingo indeseable fue la del viejo Poncio Vicario sentado solo en un taburete en el centro del patio. Lo

1 **proponerse** *aquí:* decidirse a llevar a cabo una tarea o plan – 1 **comprobar** confirmar la precisión de uc – 7 **rescatar** *aquí:* recobrar uc perdida u olvidada – 10 **el merengue** baile y música del caribe, parecido a la salsa – 11 **un hábito de tornera** vestido que usa una monja que está a cargo del *torno* (Drehbank) – 14 **una indagación** investigación, búsqueda, averiguación – 15 **recobrar** volver a tener uc que se había perdido – 15 **una vivencia** experiencia emocional vivida por up – 15 **marginal** cuestión de poca importancia – 17 **el terciopelo** Samt – 19 **un penacho** adorno hecho de plumas de colores que se coloca directamente en la cabeza o en un sombrero – 19 **una coraza** *fig* cubierta dura que protege el cuerpo de animales como la tortuga o el *armadillo* (Gürteltier) – 20 **la inconsciencia** comportamiento irreflexivo e irresponsable – 25 **indeseable** despreciable (verachtenswert) – 26 **un taburete** asiento sin brazos ni respaldo

habían puesto ahí pensando quizás que era el sitio de honor, y los invitados tropezaban con él, lo confundían con otro, lo cambiaban de lugar para que no estorbara, y él movía la cabeza nevada hacia todos lados con una expresión errática de ciego demasiado reciente, contestando preguntas que no eran para él y respondiendo saludos fugaces que nadie le hacía, feliz en su cerco de olvido, con la camisa acartonada de engrudo y el bastón de guayacán que le habían comprado para la fiesta.

El acto formal terminó a las seis de la tarde cuando se despidieron los invitados de honor. El buque se fue con las luces encendidas y dejando un reguero de valses de pianola, y por un instante quedamos a la deriva sobre un abismo de incertidumbre, hasta que volvimos a reconocernos unos a otros y nos hundimos en el manglar de la parranda. Los recién casados aparecieron poco después en el automóvil descubierto, abriéndose paso a duras penas en el tumulto. Bayardo San Román reventó cohetes, tomó aguardiente de las botellas que le tendía la muchedumbre, y se bajó del coche con Ángela Vicario para meterse en la rueda de la cumbiamba. Por último ordenó que siguiéramos bailando por cuenta suya hasta donde nos alcanzara la vida, y se llevó a la esposa aterrorizada para la casa de sus sueños donde el viudo de Xius había sido feliz.

2 **confundir** *aquí:* tomar equivocadamente a up por otra – 3 **estorbar** *aquí:* dificultar o bloquear el paso de gente – 4 **nevado** *fig aquí:* pelo blanco por las *canas* (graues/ weißes Haar) – 4 **errático** extraño, anormal – 7 **un cerco** lo que rodea a up o a uc – 7 **el olvido** *aquí:* falta de atención y cuidado hacia uc o up – 7 **acartonarse** ponerse como cartón – 7 **el engrudo** pegamento hecho de harina cocida en agua – 8 **guayacán** árbol de América tropical – 11 **un reguero** línea o señal continuada que queda de uc – 12 **a la deriva** *loc adv* sin dirección fija – 12 **un abismo** uc inmensa que resulta incomprensible – 13 **la incertidumbre** falta de seguridad, de certeza – 14 **hundirse** *aquí:* concentrar la atención en uc – 14 **un manglar** terreno en la zona tropical donde crecen los árboles que viven en agua salada – 16 **abrirse paso** hacerse un espacio para pasar de un lado a otro – 16 **a duras penas** con dificultad – 17 **reventar** encender *fuegos artificiales* (Feuerwerk) – 17 **el aguardiente** bebida con alto grado de alcohol, destilada de frutas o plantas – 19 **una rueda** círculo de personas – 19 **la cumbiamba** baile de ritmo tropical, originario de Colombia, que se baila en pareja – 21 **aterrorizar** causar terror

La parranda pública se dispersó en fragmentos hacia la media noche, y sólo quedó abierto el negocio de Clotilde Armenta a un costado de la plaza. Santiago Nasar y yo, con mi hermano Luis Enrique y Cristo Bedoya, nos fuimos para la casa de misericordias de María Alejandrina Cervantes. Por allí pasaron entre muchos otros los hermanos Vicario, y estuvieron bebiendo con nosotros y cantando con Santiago Nasar cinco horas antes de matarlo. Debían quedar aún algunos rescoldos desperdigados de la fiesta original, pues de todos lados nos llegaban ráfagas de música y pleitos remotos, y nos siguieron llegando, cada vez más tristes, hasta muy poco antes de que bramara el buque del obispo.

Pura Vicario le contó a mi madre que se había acostado a las once de la noche después de que las hijas mayores la ayudaron a poner un poco de orden en los estragos de la boda. Como a las diez, cuando todavía quedaban algunos borrachos cantando en el patio, Ángela Vicario había mandado a pedir una maletita de cosas personales que estaba en el ropero de su dormitorio, y ella quiso mandarle también una maleta con ropa de diario, pero el recadero estaba de prisa. Se había dormido a fondo cuando tocaron a la puerta. «Fueron tres toques muy despacio —le contó a mi madre—, pero tenían esa cosa rara de las malas noticias.» Le contó que había abierto la puerta sin encender la luz para no despertar a nadie, y vio a Bayardo San Román en el resplandor del farol público, con la camisa de seda sin abotonar y los pantalones de fantasía sostenidos con tirantes elásticos. «Tenía ese color verde de los sueños», le dijo Pura Vicario a mi madre. Ángela Vicario estaba en la sombra, de modo que sólo la vio cuando Bayardo San Román la agarró

1 **dispersarse** cuando un grupo se separa y cada quien toma una dirección diferente – 5 **casa de misericordias** burdel donde venden comida y bebida – 8 **un rescoldo** *aquí:* resto de un sentimiento, pasión o afecto – 9 **desperdigar** dispersar – 10 **remoto** lejano, apartado – 15 **un estrago** daño físico o moral – 18 **un ropero** mueble o cuarto donde se guarda la ropa – 20 **un recadero** up que lleva avisos o mensajes de un lugar a otro – 25 **un farol** lámpara que alumbra las calles y consiste en una caja de vidrio con una luz en su interior – 26 **abotonar** unir una prenda de vestir metiendo cada botón por su ojal – 26 **un tirante** cada una de las dos tiras de piel o tela que sostiene de los hombros una prenda de vestir

por el brazo y la puso en la luz. Llevaba el traje de raso en piltrafas y estaba envuelta con una toalla hasta la cintura. Pura Vicario creyó que se habían desbarrancado con el automóvil y estaban muertos en el fondo del precipicio.

—Ave María Purísima —dijo aterrada—. Contesten si todavía son de este mundo.

Bayardo San Román no entró, sino que empujó con suavidad a su esposa hacia el interior de la casa, sin decir una palabra. Después besó a Pura Vicario en la mejilla y le habló con una voz de muy hondo desaliento pero con mucha ternura.

—Gracias por todo, madre —le dijo—. Usted es una santa.

Sólo Pura Vicario supo lo que hizo en las dos horas siguientes, y se fue a la muerte con su secreto. «Lo único que recuerdo es que me sostenía por el pelo con una mano y me golpeaba con la otra con tanta rabia que pensé que me iba a matar», me contó Ángela Vicario. Pero hasta eso lo hizo con tanto sigilo, que su marido y sus hijas mayores, dormidos en los otros cuartos, no se enteraron de nada hasta el amanecer cuando ya estaba consumado el desastre.

Los gemelos volvieron a la casa un poco antes de las tres, llamados de urgencia por su madre. Encontraron a Ángela Vicario tumbada bocabajo en un sofá del comedor y con la cara macerada a golpes, pero había terminado de llorar. «Ya no estaba asustada —me dijo—. Al contrario: sentía como si por fin me hubiera quitado de encima la conduerma de la muerte, y lo único que quería era que todo terminara rápido para tirarme a dormir.» Pedro Vicario, el más resuelto de los

1 **una piltrafa** pedazo de tela rota – 3 **desbarrancar** arrojar a un *barranco* (Steilhang) – 4 **un precipicio** barranco con un corte profundo – 5 **aterrar** atemorizar, horrorizar – 9 **una mejilla** parte de la cara que se encuentra entre la oreja y la boca en ambos lados – 10 **hondo** intenso, profundo – 10 **el desaliento** desánimo, desinterés, tristeza – 10 **la ternura** amor, cariño, afecto – 17 **el sigilo** cuidado para no hacer ruido – 18 **enterarse de algo** tomar conocimiento de uc – 22 **bocabajo** tendido con la boca hacia el suelo – 23 **macerar** hacer *blanda* (weich) uc a golpes – 25 **la conduerma** sopor profundo – 27 **tirarse** echarse, tenderse, acostarse – 27 **resuelto** decidido, valiente, atrevido

hermanos, la levantó en vilo por la cintura y la sentó en la mesa del comedor.

—Anda, niña —le dijo temblando de rabia—: dinos quién fue.

Ella se demoró apenas el tiempo necesario para decir el nombre. Lo buscó en las tinieblas, lo encontró a primera vista entre los tantos y tantos nombres confundibles de este mundo y del otro, y lo dejó clavado en la pared con su dardo certero, como a una mariposa sin albedrío cuya sentencia estaba escrita desde siempre.

—Santiago Nasar —dijo.

1 **en vilo** en el aire – 3 **temblar** estremecerse a causa de una emoción – 5 **demorarse** *aquí:* tardarse, tomarse su tiempo – 6 **la tiniebla** oscuridad, falta de luz – 8 **clavar** poner, fijar – 8 **un dardo** arma parecida a la felcha pero de menor tamaño, que se arroja con la mano – 8 **certero** uc que da con presición en el *blanco* (Zielscheibe) – 9 **el albedrío** poder del ser humano para elegir y decidir – 9 **una sentencia** decisión de un juez, castigo por haber encontrado a up culpable

El abogado sustentó la tesis del homicidio en legítima defensa del honor, que fue admitida por el tribunal de conciencia, y los gemelos declararon al final del juicio que hubieran vuelto a hacerlo mil veces por los mismos motivos. Fueron ellos quienes vislumbraron el recurso de la defensa desde que se rindieron ante su iglesia pocos minutos después del crimen. Irrumpieron jadeando en la Casa Cural, perseguidos de cerca por un grupo de árabes enardecidos, y pusieron los cuchillos con el acero limpio en la mesa del padre Amador. Ambos estaban exhaustos por el trabajo bárbaro de la muerte, y tenían la ropa y los brazos empapados y la cara embadurnada de sudor y de sangre todavía viva, pero el párroco recordaba la rendición como un acto de una gran dignidad.

—Lo matamos a conciencia —dijo Pedro Vicario—, pero somos inocentes.

—Tal vez ante Dios —dijo el padre Amador.

—Ante Dios y ante los hombres —dijo Pablo Vicario—. Fue un asunto de honor.

Más aún: en la reconstrucción de los hechos fingieron un encarnizamiento mucho más inclemente que el de la realidad, hasta el extremo de que fue necesario reparar con fondos públicos la puerta principal de la casa de Plácida Linero, que quedó desportillada a punta de cuchillo. En el panóptico de Riohacha, donde estuvieron tres años en espera del juicio porque no tenían con qué pagar la fianza para la libertad

1 **sustentar** dar razones para defender uc – 1 **un homicidio** matar a up – 2 **un tribunal** lugar donde los jueces administran justicia (Schwurgericht) – 2 **la conciencia** conocimiento interior del bien y el mal desde el cual se pueden juzgar los comportamientos – 6 **rendirse** *aquí:* presentarse ante una autoridad después de haber cometido un delito – 7 **irrumpir** entrar violentamente en un lugar – 7 **jadear** respirar con dificultad por haber realizado un esfuerzo – 7 **la Casa Cural** casa perteneciente a la iglesia donde vive el párroco – 8 **enardecer** violencia provocada en up – 10 **exhausto** up que está muy cansada – 11 **empapar** hacer que uc o up quede cubierto completamente de agua u otro líquido – 12 **un párroco** sacerdote encargado de una parroquia – 20 **un encarnizamiento** manera cruel y despiadada de tratar a up – 23 **desportillar** romper uc dejandola en fragmentos – 23 **el panóptico** *aquí:* prisión, carcel – 25 **una fianza** cantidad de dinero que se paga para que dejen libre a up mientras espera su juicio – 25 **la libertad condicional** beneficio de abandonar la prisión antes del tiempo establecido por haber mantenido una buena conducta la mayor parte de su condena

condicional, los reclusos más antiguos los recordaban por su buen carácter y su espíritu social, pero nunca advirtieron en ellos ningún indicio de arrepentimiento. Sin embargo, la realidad parecía ser que los hermanos Vicario no hicieron nada de lo que convenía para matar a Santiago Nasar de inmediato y sin espectáculo público, sino que hicieron mucho más de lo que era imaginable para que alguien les impidiera matarlo, y no lo consiguieron.

Según me dijeron años después, habían empezado por buscarlo en la casa de María Alejandrina Cervantes, donde estuvieron con él hasta las dos. Este dato, como muchos otros, no fue registrado en el sumario. En realidad, Santiago Nasar ya no estaba ahí a la hora en que los gemelos dicen que fueron a buscarlo, pues habíamos salido a hacer una ronda de serenatas, pero en todo caso no era cierto que hubieran ido. «Jamás habrían vuelto a salir de aquí», me dijo María Alejandrina Cervantes, y conociéndola tan bien, nunca lo puse en duda. En cambio, lo fueron a esperar en la casa de Clotilde Armenta, por donde sabían que iba a pasar medio mundo menos Santiago Nasar. «Era el único lugar abierto», declararon al instructor. «Tarde o temprano tenía que salir por ahí», me dijeron a mí, después de que fueron absueltos. Sin embargo, cualquiera sabía que la puerta principal de la casa de Plácida Linero permanecía trancada por dentro, inclusive durante el día, y que Santiago Nasar llevaba siempre consigo las llaves de la entrada posterior. Por allí entró de regreso a su casa, en efecto, cuando hacía más de una hora que los gemelos Vicario lo esperaban por el otro lado, y si después salió por la puerta de la plaza cuando iba a recibir al obispo fue por una razón tan

1 **un recluso** up que se encuentra en prisión – 2 **advertir** ver, observar, notar – 3 **un indicio** señal, vestigio, rastro – 3 **el arrepentimiento** sentimiento de pesar por haber hecho uc – 5 **convenir** ser uc útil o buena para otra – 7 **impedir** evitar que uc se realice o que sea difícil hacerlo – 15 **una serenata** conjunto de canciones que se interpretan frente a la casa de up que festeja uc o a up que uno quiere enamorar – 22 **absolver** declarar libre de culpa – 26 **posterior** *aquí:* uc que está en la parte de atrás

imprevista que el mismo instructor del sumario no acabó de entenderla.

Nunca hubo una muerte más anunciada. Después de que la hermana les reveló el nombre, los gemelos Vicario pasaron por el depósito de la pocilga, donde guardaban los útiles de sacrificio, y escogieron los dos cuchillos mejores: uno de descuartizar, de diez pulgadas de largo por dos y media de ancho, y otro de limpiar, de siete pulgadas de largo por una y media de ancho. Los envolvieron en un trapo, y se fueron a afilarlos en el mercado de carnes, donde apenas empezaban a abrir algunos expendios. Los primeros clientes eran escasos, pero veintidós personas declararon haber oído cuanto dijeron, y todas coincidían en la impresión de que lo habían dicho con el único propósito de que los oyeran. Faustino Santos, un carnicero amigo, los vio entrar a las 3.20 cuando acababa de abrir su mesa de vísceras, y no entendió por qué llegaban el lunes y tan temprano, y todavía con los vestidos de paño oscuro de la boda. Estaba acostumbrado a verlos los viernes, pero un poco más tarde, y con los delantales de cuero que se ponían para la matanza. «Pensé que estaban tan borrachos —me dijo Faustino Santos—, que no sólo se habían equivocado de hora sino también de fecha.» Les recordó que era lunes.

—Quién no lo sabe, pendejo —le contestó de buen modo Pablo Vicario—. Sólo venimos a afilar los cuchillos.

Los afilaron en la piedra giratoria, y como lo hacían siempre: Pedro sosteniendo los dos cuchillos y alternándolos en la piedra, y Pablo dándole vuelta a la manivela. Al mismo tiempo

5 **una pocilga** porqueriza – 5 **un útil** herramienta o instrumento de un oficio o arte – 6 **el sacrificio** *matanza* (Schlachtung) de animales, especialmente para su consumo – 10 **afilar** sacarle filo a un arma (schärfen) – 11 **un expendio** lugar donde se venden artículos variados en pequeñas cantidades – 14 **propósito** *aquí:* deseo, finalidad, intención – 19 **un delantal** prenda de cuero o tela fuerte que se cuelga al cuello y sirve para proteger la ropa de up desde el pecho hasta debajo de las rodillas – 23 **un pendejo** *Am vulg* up muy tonta – 25 **giratorio** uc que da vueltas, se mueve alrededor de un eje – 26 **alternar** colocar uc por turno y una tras otra – 27 **una manivela** palanca doblada en ángulo recto y unida a un eje sobre el que se le hace girar para poder accionar un mecanismo

hablaban del esplendor de la boda con los otros carniceros. Algunos se quejaron de no haber recibido su ración de pastel, a pesar de ser compañeros de oficio, y ellos les prometieron que las harían mandar más tarde. Al final, hicieron cantar los cuchillos en la piedra, y Pablo puso el suyo junto a la lámpara para que destellara el acero:

—Vamos a matar a Santiago Nasar —dijo.

Tenían tan bien fundada su reputación de gente buena, que nadie les hizo caso. «Pensamos que eran vainas de borrachos», declararon varios carniceros, lo mismo que Victoria Guzmán y tantos otros que los vieron después. Yo había de preguntarles alguna vez a los carniceros si el oficio de matarife no revelaba un alma predispuesta para matar un ser humano. Protestaron: «Cuando uno sacrifica una res no se atreve a mirarle los ojos.» Uno de ellos me dijo que no podía comer la carne del animal que degollaba. Otro me dijo que no sería capaz de sacrificar una vaca que hubiera conocido antes, y menos si había tomado su leche. Les recordé que los hermanos Vicario sacrificaban los mismos cerdos que criaban, y les eran tan familiares que los distinguían por sus nombres. «Es cierto —me replicó uno—, pero fíjese que no les ponían nombres de gente sino de flores.» Faustino Santos fue el único que percibió una lumbre de verdad en la amenaza de Pablo Vicario, y le preguntó en broma por qué tenían que matar a Santiago Nasar habiendo tantos ricos que merecían morir primero.

—Santiago Nasar sabe por qué —le contestó Pedro Vicario.

1 **el esplendor** grandeza, hermosura, riqueza – 4 **cantar** *aquí:* sonar repetidamente – 6 **destellar** despedir chispazos o ráfagas de luz intensos y de corta duración – 8 **la reputación** opinión que se forma la gente acerca de up en base a su comportamiento – 9 **hacer caso** poner atención – 16 **degollar** cortar la garganta o el cuello de up o animal – 19 **familiar** *aquí:* tener un trato frecuente y de confianza – 21 **fíjese** expresión con que up anima a otra a prestarle atención o a seguir un relato – 22 **percibir** darse cuenta de uc – 22 **una lumbre** *aprox aquí:* chispa, una pequeña luz – 23 **una amenaza** expresión con que up declara su intención de hacerle daño a otra – 25 **merecer** hacerse up digna de recibir ya sea un premio o un castigo

Faustino Santos me contó que se había quedado con la duda, y se la comunicó a un agente de la policía que pasó poco más tarde a comprar una libra de hígado para el desayuno del alcalde. El agente, de acuerdo con el sumario, se llamaba Leandro Pornoy, y murió el año siguiente por una cornada de toro en la yugular durante las fiestas patronales. De modo que nunca pude hablar con él, pero Clotilde Armenta me confirmó que fue la primera persona que estuvo en su tienda cuando ya los gemelos Vicario se habían sentado a esperar.

Clotilde Armenta acababa de reemplazar a su marido en el mostrador. Era el sistema habitual. La tienda vendía leche al amanecer y víveres durante el día, y se transformaba en cantina desde las seis de la tarde. Clotilde Armenta la abría a las 3.30 de la madrugada. Su marido, el buen don Rogelio de la Flor, se hacía cargo de la cantina hasta la hora de cerrar. Pero aquella noche hubo tantos clientes descarriados de la boda, que se acostó pasadas las tres sin haber cerrado, y ya Clotilde Armenta estaba levantada más temprano que de costumbre, porque quería terminar antes de que llegara el obispo.

Los hermanos Vicario entraron a las 4.10. A esa hora sólo se vendían cosas de comer, pero Clotilde Armenta les vendió una botella de aguardiente de caña, no sólo por el aprecio que les tenía, sino también porque estaba muy agradecida por la porción de pastel de boda que le habían mandado. Se bebieron la botella entera con dos largas tragantadas, pero siguieron impávidos. «Estaban pasmados —me dijo Clotilde Armenta—, y ya no podían levantar presión ni con petróleo de lámpara.» Luego se quitaron las chaquetas de paño, las colgaron con

3 **una libra** unidad de peso que equivale a 460 gr. – 3 **el hígado** órgano del cuerpo humano que desintoxica la sangre (Leber) – 5 **una cornada** herida causada por el cuerno de un animal – 6 **la yugular** cada una de las venas que hay de un lado y otro del cuello – 6 **la fiesta patronal** celebración dedicada al santo de cada iglesia – 10 **reemplazar** ocupar el lugar dejado por up – 12 **los víveres** comestibles necesarios para la supervivencia de up – 15 **hacerse cargo** ocuparse de uc o up – 16 **descarriarse** up que se separa o pierde de un grupo – 22 **el aprecio** estima, cariño, apreciación – 25 **una tragantada** la mayor cantidad de líquido que se puede beber de un solo sorbo – 26 **impávido** up sin miedo ante el peligro – 26 **pasmado** up que está absorta o distraída

mucho cuidado en el espaldar de las sillas, y pidieron otra botella. Tenían la camisa sucia de sudor seco y una barba del día anterior que les daba un aspecto montuno. La segunda botella se la tomaron más despacio, sentados, mirando con insistencia hacia la casa de Plácida Linero, en la acera de enfrente, cuyas ventanas estaban apagadas. La más grande del balcón era la del dormitorio de Santiago Nasar. Pedro Vicario le preguntó a Clotilde Armenta si había visto luz en esa ventana, y ella le contestó que no, pero le pareció un interés extraño.

—¿Le pasó algo? —preguntó.

—Nada —le contestó Pedro Vicario—. No más que lo andamos buscando para matarlo.

Fue una respuesta tan espontánea que ella no pudo creer que fuera cierta. Pero se fijó en que los gemelos llevaban dos cuchillos de matarife envueltos en trapos de cocina.

—¿Y se puede saber por qué quieren matarlo tan temprano? —preguntó.

—Él sabe por qué —contestó Pedro Vicario.

Clotilde Armenta los examinó en serio. Los conocía tan bien que podía distinguirlos, sobre todo después de que Pedro Vicario regresó del cuartel. «Parecían dos niños», me dijo. Y esa reflexión la asustó, pues siempre había pensado que sólo los niños son capaces de todo. Así que acabó de preparar los trastos de la leche, y se fue a despertar a su marido para contarle lo que estaba pasando en la tienda. Don Rogelio de la Flor la escuchó medio dormido.

—No seas pendeja —le dijo—, ésos no matan a nadie, y menos a un rico.

Cuando Clotilde Armenta volvió a la tienda los gemelos estaban conversando con el agente Leandro Pornoy, que iba por la leche del alcalde. No oyó lo que hablaron, pero supuso

1 **el cuidado** hacer uc bien, con esmero – 3 **montuno** *aquí:* rudo, rústico, de monte – 5 **una acera** camino para peatones que se localiza a ambos lados de una calle o calzada – 6 **enfrente** *adv* delante de uc o up – 9 **extraño** ≠ normal – 20 **distinguir** identificar uc a pesar de alguna dificultad – 23 **ser capaz** poder hacer uc – 24 **los trastos** utensilios propios de alguna actividad – 31 **suponer** creer que uc pasa a partir de lo que se sabe

que algo le habían dicho de sus propósitos, por la forma en que observó los cuchillos al salir.

El coronel Lázaro Aponte se había levantado un poco antes de las cuatro. Acababa de afeitarse cuando el agente Leandro Pornoy le reveló las intenciones de los hermanos Vicario. Había resuelto tantos pleitos de amigos la noche anterior, que no se dio ninguna prisa por uno más. Se vistió con calma, se hizo varias veces hasta que le quedó perfecto el corbatín de mariposa, y se colgó en el cuello el escapulario de la Congregación de María para recibir al obispo. Mientras desayunaba con un guiso de hígado cubierto de anillos de cebolla, su esposa le contó muy excitada que Bayardo San Román había devuelto a Ángela Vicario, pero él no lo tomó con igual dramatismo.

—¡Dios mío! —se burló—, ¿qué va a pensar el obispo?

Sin embargo, antes de terminar el desayuno recordó lo que acababa de decirle el ordenanza, juntó las dos noticias y descubrió de inmediato que casaban exactas como dos piezas de un acertijo. Entonces fue a la plaza por la calle del puerto nuevo, cuyas casas empezaban a revivir por la llegada del obispo. «Recuerdo con seguridad que eran casi las cinco y empezaba a llover», me dijo el coronel Lázaro Aponte. En el trayecto, tres personas lo detuvieron para contarle en secreto que los hermanos Vicario estaban esperando a Santiago Nasar para matarlo, pero sólo uno supo decirle dónde.

Los encontró en la tienda de Clotilde Armenta. «Cuando los vi pensé que eran puras bravuconadas —me dijo con su lógica personal—, porque no estaban tan borrachos como yo creía.» Ni siquiera los interrogó sobre sus intenciones, sino que les

2 **observar** mirar con mucha atención – 4 **afeitarse** quitar el pelo de la piel del cuerpo, especialmente el bigote y la barba – 7 **darse prisa** hacer uc con gran rapidez – 9 **corbatín de mariposa** tira de tela que se anuda en el cuello y tiene la apariencia de moño (Fliege) – 9 **un escapulario** pequeño trozo de tela de froma cuadrangular con una imagen religiosa y que se cuelgan los católicos por devoción y para protección – 11 **un guiso** manera de cocinar añadiendo salsa al plato que se está cocinando – 17 **el ordenanza** soldado que está al servicio de un superior – 19 **un acertijo** frase o pregunta difícil que se propone como pasatiempo o juego – 27 **una bravuconada** fingir valor (Prahlerei) – 29 **interrogar** hacer una o varias preguntas a up

quitó los cuchillos y los mandó a dormir. Los trataba con la misma complacencia de sí mismo con que había sorteado la alarma de la esposa.

—¡Imagínense —les dijo—: qué va a decir el obispo si los encuentra en ese estado!

Ellos se fueron. Clotilde Armenta sufrió una desilusión más con la ligereza del alcalde, pues pensaba que debía arrestar a los gemelos hasta esclarecer la verdad. El coronel Aponte le mostró los cuchillos como un argumento final.

—Ya no tienen con qué matar a nadie —dijo.

—No es por eso —dijo Clotilde Armenta—. Es para librar a esos pobres muchachos del horrible compromiso que les ha caído encima.

Pues ella lo había intuido. Tenía la certidumbre de que los hermanos Vicario no estaban tan ansiosos por cumplir la sentencia como por encontrar a alguien que les hiciera el favor de impedírselo. Pero el coronel Aponte estaba en paz con su alma.

—No se detiene a nadie por sospechas —dijo—. Ahora es cuestión de prevenir a Santiago Nasar, y feliz año nuevo.

Clotilde Armenta recordaría siempre que el talante rechoncho del coronel Aponte le causaba una cierta desdicha, y en cambio yo lo evocaba como un hombre feliz, aunque un poco trastornado por la práctica solitaria del espiritismo aprendido por correo. Su comportamiento de aquel lunes fue la prueba terminante de su frivolidad. La verdad es que no volvió

2 **una complacencia** satisfacción y alegría que provoca uc en up – 2 **sortear** *aquí:* evitar un conflicto – 7 **la ligereza** falta de seriedad ante un hecho – 7 **arrestar** detener a up por haber cometido un delito o suponer que lo hizo – 8 **esclarecer** poner uc en claro – 14 **intuir** percibir uc de forma inmediata y sin necesidad de razonamiento lógico – 14 **la certidumbre** seguridad de que uc es verdadera o cierta – 15 **ansioso** *aquí:* up que siente gran deseo de hacer uc – 20 **prevenir** advertir, avisar – 21 **talante** *aquí:* rostro, cara, aspecto – 22 **rechoncho** up de cuerpo grueso y poca altura – 22 **la desdicha** ≠ alegría, felicidad – 24 **trastornado** perturbado, confundido, alterado – 24 **solitario** up que está sola, aislada – 24 **el espiritismo** doctrina que afirma que es posible comunicarse con los muertos – 26 **una prueba** señal, muestra de uc – 26 **la frivolidad** superficialidad, falta de seriedad

a acordarse de Santiago Nasar hasta que lo vio en el puerto, y entonces se felicitó por haber tomado la decisión justa.

Los hermanos Vicario les habían contado sus propósitos a más de doce personas que fueron a comprar leche, y éstas los habían divulgado por todas partes antes de las seis. A Clotilde Armenta le parecía imposible que no se supiera en la casa de enfrente. Pensaba que Santiago Nasar no estaba allí, pues no había visto encenderse la luz del dormitorio, y a todo el que pudo le pidió prevenirlo donde lo vieran. Se lo mandó a decir, inclusive, al padre Amador, con la novicia de servicio que fue a comprar la leche para las monjas. Después de las cuatro, cuando vio luces en la cocina de la casa de Plácida Linero, le mandó el último recado urgente a Victoria Guzmán con la pordiosera que iba todos los días a pedir un poco de leche por caridad. Cuando bramó el buque del obispo casi todo el mundo estaba despierto para recibirlo, y éramos muy pocos quienes no sabíamos que los gemelos Vicario estaban esperando a Santiago Nasar para matarlo, y se conocía además el motivo con sus pormenores completos.

Clotilde Armenta no había acabado de vender la leche cuando volvieron los hermanos Vicario con otros dos cuchillos envueltos en periódicos. Uno era de descuartizar, con una hoja oxidada y dura de doce pulgadas de largo por tres de ancho, que había sido fabricado por Pedro Vicario con el metal de una segueta, en una época en que no venían cuchillos alemanes por causa de la guerra. El otro era más corto, pero ancho y curvo. El juez instructor lo dibujó en el sumario, tal vez porque no lo pudo describir, y se arriesgó apenas a indicar que parecía un alfanje en miniatura. Fue con estos cuchillos que se cometió el crimen, y ambos eran rudimentarios y muy usados.

5 **divulgar** publicar o extender una noticia, conocimiento o secreto – 10 **un novicio** up que se prepara para entrar a una orden religiosa pero todavía no hace los votos – 13 **un recado** mensaje que se da o envía a up – 14 **un pordiosero** up que pide limosna (Bettler) – 22 **una hoja** cuchilla delgada y filosa de las *armas blancas* (Stichwaffe) – 25 **una segueta** sierra pequeña y muy fina con que se cortan maderas delgadas – 27 **curvo** ≠ recto – 28 **arriesgarse** atreverse a hacer uc peligrosa o que compromete – 29 **un alfanje** arma blanca parecida al sable pero más ancha y corta – 30 **rudimentario** poco elaborado, simple

Faustino Santos no pudo entender lo que había pasado. «Vinieron a afilar otra vez los cuchillos —me dijo— y volvieron a gritar para que los oyeran que iban a sacarle las tripas a Santiago Nasar, así que yo creí que estaban mamando gallo, sobre todo porque no me fijé en los cuchillos, y pensé que eran los mismos.» Esta vez, sin embargo, Clotilde Armenta notó desde que los vio entrar que no llevaban la misma determinación de antes.

En realidad, habían tenido la primera discrepancia. No sólo eran mucho más distintos por dentro de lo que parecían por fuera, sino que en emergencias difíciles tenían caracteres contrarios. Sus amigos lo habíamos advertido desde la escuela primaria. Pablo Vicario era seis minutos mayor que el hermano, y fue más imaginativo y resuelto hasta la adolescencia. Pedro Vicario me pareció siempre más sentimental, y por lo mismo más autoritario. Se presentaron juntos para el servicio militar a los veinte años, y Pablo Vicario fue eximido para que se quedara al frente de la familia. Pedro Vicario cumplió el servicio durante once meses en patrullas de orden público. El régimen de tropa, agravado por el miedo de la muerte, le maduró la vocación de mandar y la costumbre de decidir por su hermano. Regresó con una blenorragia de sargento que resistió a los métodos más brutales de la medicina militar, y a las inyecciones de arsénico y las purgaciones de permanganato

4 **mamar gallo** molestar a up en una situación específica – 8 **la determinación** seguridad con la que se hace uc – 9 **una discrepancia** desacuerdo – 11 **una emergencia** situación imprevista y peligrosa – 14 **imaginativo** up con mucha imaginación y que la usa todo el tiempo – 14 **la adolescencia** etapa de la vida entre la niñez y la edad adulta – 17 **eximir** liberar a up de un compromiso o una obligación – 19 **una patrulla** grupo de soldados que recorre continuamente una zona para mantener el orden – 20 **un régimen** conjunto de reglas por las que se rige o funciona uc – 21 **madurar** cuando uc llega a su completo desarrollo – 21 **la vocación** impulso interior de up para dedicarse a un tipo de actividad o a una cierta forma de vida – 22 **la blenorragia** enfermedad de transmisión sexual que causa un intenso dolor al orinar, sobre todo cuando la infección avanza – 22 **un sargento** up con grado militar inferior al teniente y superior al cabo (Unteroffizier) – 24 **la purgación** evacuar una sustancia del cuerpo por medio de la medicina que se ha aplicado – 24 **el permanganato** sal derivada de un ácido del manganeso, se usa como desinfectante

del doctor Dionisio Iguarán. Sólo en la cárcel lograron sanarlo. Sus amigos estábamos de acuerdo en que Pablo Vicario desarrolló de pronto una dependencia rara de hermano menor cuando Pedro Vicario regresó con un alma cuartelaria y con la novedad de levantarse la camisa para mostrarle a quien quisiera verla una cicatriz de bala de sedal en el costado izquierdo. Llegó a sentir, inclusive, una especie de fervor ante la blenorragia de hombre grande que su hermano exhibía como una condecoración de guerra.

Pedro Vicario, según declaración propia, fue el que tomó la decisión de matar a Santiago Nasar, y al principio su hermano no hizo más que seguirlo. Pero también fue él quien pareció dar por cumplido el compromiso cuando los desarmó el alcalde, y entonces fue Pablo Vicario quien asumió el mando. Ninguno de los dos mencionó este desacuerdo en sus declaraciones separadas ante el instructor. Pero Pablo Vicario me confirmó varias veces que no le fue fácil convencer al hermano de la resolución final. Tal vez no fuera en realidad sino una ráfaga de pánico pero el hecho es que Pablo Vicario entró solo en la pocilga a buscar los otros dos cuchillos, mientras el hermano agonizaba gota a gota tratando de orinar bajo los tamarindos. «Mi hermano no supo nunca lo que es eso —me dijo Pedro Vicario en nuestra única entrevista—. Era como orinar vidrio molido.» Pablo Vicario lo encontró todavía abrazado del árbol cuando volvió con los cuchillos. «Estaba sudando frío del dolor —me dijo— y trató de decir que me fuera yo solo porque él no estaba en condiciones de matar a nadie.» Se sentó en uno de los mesones de carpintero que habían puesto bajo los árboles

1 **sanar** recuperar la salud – 4 **cuartelario** propio de los sitios donde se reparte y acuartela el ejército – 6 **una cicatriz** marca que queda en la piel – 6 **una bala de sedal** herida producida por el disparo de un arma y que se hace camino bajo la piel, produciendo dos orificios comparados con los de un *sedal* (Angelschnur) – 7 **el fervor** actitud de entusiasmo hacia up que se admira o a uc valiosa para ella – 9 **una condecoración** uc (medalla, cruz, etc) que alguna autoridad otorga a up como reconocimiento a sus actos o cualidades – 13 **desarmar** *aquí:* quitarle a up las armas – 15 **un desacuerdo** tener opiniones diferentes – 18 **una resolución** decisión final para terminar con un asunto – 21 **agonizar** *aquí:* sufrir angustiosamente – 21 **orinar** expulsar la sustancia secretada de los riñones del cuerpo

para el almuerzo de la boda, y se bajó los pantalones hasta las rodillas. «Estuvo como media hora cambiándose la gasa con que llevaba envuelta la pinga», me dijo Pablo Vicario. En realidad no se demoró más de diez minutos, pero fue algo tan difícil, y tan enigmático para Pablo Vicario, que lo interpretó como una nueva artimaña del hermano para perder el tiempo hasta el amanecer. De modo que le puso el cuchillo en la mano y se lo llevó casi por la fuerza a buscar la honra perdida de la hermana.

—Esto no tiene remedio —le dijo—: es como si ya nos hubiera sucedido.

Salieron por el portón de la porqueriza con los cuchillos sin envolver, perseguidos por el alboroto de los perros en los patios. Empezaba a aclarar. «No estaba lloviendo», recordaba Pablo Vicario. «Al contrario —recordaba Pedro—: había viento de mar y todavía las estrellas se podían contar con el dedo.» La noticia estaba entonces tan bien repartida, que Hortensia Baute abrió la puerta justo cuando ellos pasaban frente a su casa, y fue la primera que lloró por Santiago Nasar. «Pensé que ya lo habían matado —me dijo—, porque vi los cuchillos con la luz del poste y me pareció que iban chorreando sangre.» Una de las pocas casas que estaban abiertas en esa calle extraviada era la de Prudencia Cotes, la novia de Pablo Vicario. Siempre que los gemelos pasaban por ahí a esa hora, y en especial los viernes cuando iban para el mercado, entraban a tomar el primer café. Empujaron la puerta del patio, acosados por los perros que los reconocieron en la penumbra del alba, y saludaron a la madre de Prudencia Cotes en la cocina. Aún no estaba el café.

2 **una rodilla** hueso en la parte media de la pierna – 2 **una gasa** banda de algodón usada para proteger las heridas – 3 **la pinga** *AmS vulg* pene – 5 **enigmático** difícil de comprender – 10 **no tener más remedio** haber necesidad de hacer o sufrir uc – 11 **suceder** ocurrir, pasar, efectuarse un hecho – 14 **aclarar** *aquí:* amanecer – 21 **poste** palo largo y fuerte de madera o columna de concreto clavado en el suelo que sirve para colocar lámparas, cables o alguna señal – 21 **chorrear** cuando un líquido sale lentamente y goteando de uc – 22 **extraviado** *aquí:* un lugar apartado, poco transitado – 26 **acosar** perseguir a up (bedrängen)

—Lo dejamos para después —dijo Pablo Vicario—, ahora vamos deprisa.

—Me lo imagino, hijos —dijo ella—: el honor no espera.

Pero de todos modos esperaron, y entonces fue Pedro Vicario quien pensó que el hermano estaba perdiendo el tiempo a propósito. Mientras tomaban el café, Prudencia Cotes salió a la cocina en plena adolescencia con un rollo de periódicos viejos para animar la lumbre de la hornilla. «Yo sabía en qué andaban —me dijo— y no sólo estaba de acuerdo, sino que nunca me hubiera casado con él si no cumplía como hombre.» Antes de abandonar la cocina, Pablo Vicario le quitó dos secciones de periódicos y le dio una al hermano para envolver los cuchillos. Prudencia Cotes se quedó esperando en la cocina hasta que los vio salir por la puerta del patio, y siguió esperando durante tres años sin un instante de desaliento, hasta que Pablo Vicario salió de la cárcel y fue su esposo de toda la vida.

—Cuídense mucho —les dijo.

De modo que a Clotilde Armenta no le faltaba razón cuando le pareció que los gemelos no estaban tan resueltos como antes, y les sirvió una botella de gordolobo de vaporino con la esperanza de rematarlos. «¡Ese día me di cuenta —me dijo— de lo solas que estamos las mujeres en el mundo!» Pedro Vicario le pidió prestado los utensilios de afeitar de su marido, y ella le llevó la brocha, el jabón, el espejo de colgar y la máquina con la cuchilla nueva, pero él se afeitó con el cuchillo de destazar. Clotilde Armenta pensaba que eso fue el colmo del machismo. «Parecía un matón de cine», me dijo. Sin embargo, él me explicó después, y era cierto, que en el cuartel había aprendido a afeitarse con navaja barbera, y nunca más lo pudo hacer de otro modo. Su hermano, por su parte, se afeitó del modo más humilde con la máquina prestada de don Rogelio de la Flor. Por último se bebieron la botella en silencio, muy despacio,

17 **cuidarse** *aquí:* protegerse up a si misma – 20 **gordolobo de vaporino** ron hecho de una planta de flores amarillas – 24 **una brocha de afeitar** pincel para enjabonar la barba – 26 **ser el colmo** ser intolerable, inconcebible – 27 **un matón** hombre fanfarrón y violento – 29 **una navaja barbera** lámina pequeña de acero, delgada y filosa que se usan los hombres para afeitarse

contemplando con el aire lelo de los amanecidos la ventana apagada en la casa de enfrente, mientras pasaban clientes fingidos comprando leche sin necesidad y preguntando por cosas de comer que no existían, con la intención de ver si era cierto que estaban esperando a Santiago Nasar para matarlo.

Los hermanos Vicario no verían encenderse esa ventana. Santiago Nasar entró en su casa a las 4.20, pero no tuvo que encender ninguna luz para llegar al dormitorio porque el foco de la escalera permanecía encendido durante la noche. Se tiró sobre la cama en la oscuridad y con la ropa puesta, pues sólo le quedaba una hora para dormir, y así lo encontró Victoria Guzmán cuando subió a despertarlo para que recibiera al obispo. Habíamos estado juntos en la casa de María Alejandrina Cervantes hasta pasadas las tres, cuando ella misma despachó a los músicos y apagó las luces del patio de baile para que sus mulatas de placer se acostaran solas a descansar. Hacía tres días con sus noches que trabajaban sin reposo, primero atendiendo en secreto a los invitados de honor, y después destrampadas a puertas abiertas con los que nos quedamos incompletos con la parranda de la boda. María Alejandrina Cervantes, de quien decíamos que sólo había de dormir una vez para morir, fue la mujer más elegante y la más tierna que conocí jamás, y la más servicial en la cama, pero también la más severa. Había nacido y crecido aquí, y aquí vivía, en una casa de puertas abiertas con varios cuartos de alquiler y un enorme patio de baile con calabazos de luz comprados en los bazares chinos de Paramaribo. Fue ella quien arrasó con la virginidad de mi generación. Nos enseñó mucho más de lo que debíamos aprender, pero nos enseñó sobre todo que ningún lugar de la vida es más triste que una cama vacía. Santiago Nasar perdió el sentido desde que la vio

1 **contemplar** mirar uc con atención – 1 **lelo** up que actua con mucha lentitud y simpleza – 9 **un foco** lámpara eléctrica muy potente – 15 **despachar** *aquí:* despedir – 16 **una mulata de placer** prostituta mulata – 17 **descansar** ≠ trabajar – 18 **el reposo** descanso, relajamiento, calma – 19 **destramparse** dejarse llevar por los impulsos sin límite – 24 **severo** duro, estricto, rígido – 26 **calabazo de luz** lámparas hechas con la cáscara de la *calabaza* (Kürbis) – 31 **perder el sentido** gustar o agradar mucho

por primera vez. Yo lo previne: *Halcón que se atreve con garza guerrera, peligros espera.* Pero él no me oyó, aturdido por los silbos quiméricos de María Alejandrina Cervantes. Ella fue su pasión desquiciada, su maestra de lágrimas a los 15 años, hasta que Ibrahim Nasar se lo quitó de la cama a correazos y lo encerró más de un año en *El Divino Rostro.* Desde entonces siguieron vinculados por un afecto serio, pero sin el desorden del amor, y ella le tenía tanto respeto que no volvió a acostarse con nadie si él estaba presente. En aquellas últimas vacaciones nos despachaba temprano con el pretexto inverosímil de que estaba cansada, pero dejaba la puerta sin tranca y una luz encendida en el corredor para que yo volviera a entrar en secreto.

Santiago Nasar tenía un talento casi mágico para los disfraces, y su diversión predilecta era trastocar la identidad de las mulatas. Saqueaba los roperos de unas para disfrazar a las otras, de modo que todas terminaban por sentirse distintas de sí mismas e iguales a las que no eran. En cierta ocasión, una de ellas se vio repetida en otra con tal acierto, que sufrió una crisis de llanto. «Sentí que me había salido del espejo», dijo. Pero aquella noche, María Alejandrina Cervantes no permitió que Santiago Nasar se complaciera por última vez en sus artificios de transformista, y lo hizo con pretextos tan frívolos que el mal sabor de ese recuerdo le cambió la vida. Así que nos llevamos a los músicos a una ronda de serenatas, y seguimos la fiesta por nuestra cuenta, mientras los gemelos Vicario esperaban a

1 **Halcón que se atreve ... peligros espera** relación desigual entre up fuerte y up débil que se arriesga – 3 **un silbo** sonido agudo que se produce expulsando aire de la boca con los labios medio abiertos – 3 **quimérico** irreal, inexistente – 4 **desquiciar** enloquecer, alterar – 5 **un correazo** golpe dado con una correa – 10 **un pretexto** *aquí:* justificación que da up para tratar de hacer o dejar de hacer uc – 10 **inverosímil** ilógico, absurdo – 15 **un disfraz** traje especial que usa up para representar un personaje, animal o uc – 15 **trastocar** perturbar, trastornar (verwirren) – 16 **saquear** llevarse todas las cosas que estan guardadas en un lugar – 19 **un acierto** *aquí:* habilidad con la que up hace uc – 20 **un llanto** momento en el que salen lágrimas de los ojos acompañadas de lamentos o sollozos – 22 **complacerse** sentir alegría o gusto cuando se realiza una actividad – 22 **un artificio** ingenio con que está hecha uc – 24 **un sabor** sensación producida en la boca por algunas sustancias

Santiago Nasar para matarlo. Fue a él a quien se le ocurrió, casi a las cuatro, que subiéramos a la colina del viudo de Xius para cantarles a los recién casados.

No solo les cantamos por las ventanas, sino que tiramos cohetes y reventamos petardos en los jardines, pero no percibimos ni una señal de vida dentro de la quinta. No se nos ocurrió que no hubiera nadie, sobre todo porque el automóvil nuevo estaba en la puerta, todavía con la capota plegada y con las cintas de raso y los macizos de azahares de parafina que les habían colgado en la fiesta. Mi hermano Luis Enrique, que entonces tocaba la guitarra como un profesional, improvisó en honor de los recién casados una canción de equívocos matrimoniales. Hasta entonces no había llovido. Al contrario, la luna estaba en el centro del cielo, y el aire era diáfano, y en el fondo del precipicio se veía el reguero de luz de los fuegos fatuos en el cementerio. Del otro lado se divisaban los sembrados de plátanos azules bajo la luna, las ciénagas tristes y la línea fosforescente del Caribe en el horizonte. Santiago Nasar señaló una lumbre intermitente en el mar, y nos dijo que era el ánima en pena de un barco negrero que se había hundido con un cargamento de esclavos del Senegal frente a la boca grande de Cartagena de Indias. No era posible pensar que tuviera algún malestar de la conciencia, aunque entonces no sabía que la efímera vida matrimonial de Ángela Vicario había terminado dos horas antes. Bayardo San Román la había llevado a pie a casa de sus padres para que el ruido del motor

5 **un petardo** cohete – 9 **un macizo** conjunto de flores que forman un grupo usadas para adornar – 12 **el equívoco** uc que puede interpretarse en varios sentidos – 14 **diáfano** claro, nítido – 16 **el fuego fatuo** llama pequeña y pálida que parece salir de la tierra y es el resultado de la combustión del fósforo y otras materias orgánicas, se ve especialmente en zonas pantanosas y cementerios – 16 **divisar** ver uc o a up desde lejos y con poca claridad – 17 **un sembrado** tierra cultivada, hayan o no crecido las semillas – 19 **intermitente** uc que no actúa continuamente sino con interrupciones – 20 **un ánima en pena** *alma* (Seele) que no puede encontrar descanso – 20 **negrero** dedicado al comercio de esclavos negros – 21 **un cargamento** conjunto de cosas, personas o mercancías que transporta un vehículo – 23 **un malestar** intranquilidad, inquietud – 24 **efímero** breve, corto, fugaz

no delatara su desgracia antes de tiempo, y estaba otra vez solo y con las luces apagadas en la quinta feliz del viudo de Xius.

Cuando bajamos la colina, mi hermano nos invitó a desayunar con pescado frito en las fondas del mercado, pero Santiago Nasar se opuso porque quería dormir una hora hasta que llegara el obispo. Se fue con Cristo Bedoya por la orilla del río bordeando los tambos de pobres que empezaban a encenderse en el puerto antiguo, y antes de doblar la esquina nos hizo una señal de adiós con la mano. Fue la última vez que lo vimos.

Cristo Bedoya, con quien estaba de acuerdo para encontrarse más tarde en el puerto, lo despidió en la entrada posterior de su casa. Los perros le ladraban por costumbre cuando lo sentían entrar, pero él los apaciguaba en la penumbra con el campanilleo de las llaves. Victoria Guzmán estaba vigilando la cafetera en el fogón cuando él pasó por la cocina hacia el interior de la casa.

—Blanco —lo llamó—: ya va a estar el café.

Santiago Nasar le dijo que lo tomaría más tarde, y le pidió decirle a Divina Flor que lo despertara a las cinco y media, y que le llevara una muda de ropa limpia igual a la que llevaba puesta. Un instante después de que él subió a acostarse, Victoria Guzmán recibió el recado de Clotilde Armenta con la pordiosera de la leche. A las 5.30 cumplió la orden de despertarlo, pero no mandó a Divina Flor sino que subió ella misma al dormitorio con el vestido de lino, pues no perdía ninguna ocasión de preservar a la hija contra las garras del boyardo.

1 **delatar** revelar, evidenciar, manifestar – 4 **una fonda** albergue donde se da hospedaje y comidas – 7 **bordear** recorrer uc pasando por sus orillas – 7 **un tambo** *AmS* posada o parador para campesinos, arrieros, viajantes, etc – 8 **doblar la esquina** dar vuelta en el punto donde se juntan dos calles – 13 **ladrar** sonido característico que emiten los perros – 14 **apaciguar** calmar, poner en paz – 15 **un campanilleo** tintineo (klingeln, bimmeln) – 16 **el fogón** lugar en las cocinas antiguas donde se encendía el fuego para cocinar – 21 **una muda de ropa** conjunto de ropa que se cambia de una vez – 27 **preservar** proteger a up de un daño o un peligro – 27 **una garra** mano o pata de los animales – 28 **un boyardo** antiguo ruso noble de carácter feudal

María Alejandrina Cervantes había dejado sin tranca la puerta de la casa. Me despedí de mi hermano, atravesé el corredor donde dormían los gatos de las mulatas amontonados entre los tulipanes, y empujé sin tocar la puerta del dormitorio. Las luces estaban apagadas, pero tan pronto como entré percibí el olor de mujer tibia y vi los ojos de leoparda insomne en la oscuridad, y después no volví a saber de mí mismo hasta que empezaron a sonar las campanas.

De paso para nuestra casa, mi hermano entró a comprar cigarrillos en la tienda de Clotilde Armenta. Había bebido tanto, que sus recuerdos de aquel encuentro fueron siempre muy confusos, pero no olvidó nunca el trago mortal que le ofreció Pedro Vicario. «Era candela pura», me dijo. Pablo Vicario, que había empezado a dormirse, despertó sobresaltado cuando lo sintió entrar, y le mostró el cuchillo.

—Vamos a matar a Santiago Nasar —le dijo.

Mi hermano no lo recordaba. «Pero aunque lo recordara no lo hubiera creído —me ha dicho muchas veces—. ¡A quién carajo se le podía ocurrir que los gemelos iban a matar a nadie, y menos con un cuchillo de puercos!» Luego le preguntaron dónde estaba Santiago Nasar, pues los habían visto juntos a las dos, y mi hermano no recordó tampoco su propia respuesta. Pero Clotilde Armenta y los hermanos Vicario se sorprendieron tanto al oírla, que la dejaron establecida en el sumario con declaraciones separadas. Según ellos, mi hermano dijo: «Santiago Nasar está muerto.» Después impartió una bendición episcopal, tropezó en el pretil de la puerta y salió dando tumbos. En medio de la plaza se cruzó con el padre Amador. Iba para el puerto con sus ropas de oficiar, seguido por un acólito que tocaba la campanilla y varios ayudantes

3 **amontonar** poner uc sobre otra sin orden – 6 **tibio** temperatura templada, ni frío ni caliente – 6 **insomne** up que no puede dormir – 13 **candela pura** *fig aquí:* fuego – 19 **carajo** *interj fam* expresión de enojo, sorpresa, admiración o alegría – 20 **un puerco** cerdo – 26 **impartir** dar uc no material – 27 **un pretil** muro pequeño o barandilla que se coloca en lugares altos para prevenir caídas – 28 **dar tumbos** tropezar, moverse de un lado a otro como si up se fuera a caer – 30 **un acólito** niño que ayuda al sacerdote católico en la misa

con el altar para la misa campal del obispo. Al verlos pasar, los hermanos Vicario se santiguaron.

Clotilde Armenta me contó que habían perdido las últimas esperanzas cuando el párroco pasó de largo frente a su casa. «Pensé que no había recibido mi recado», dijo. Sin embargo, el padre Amador me confesó muchos años después, retirado del mundo en la tenebrosa Casa de Salud de Calafell, que en efecto había recibido el mensaje de Clotilde Armenta, y otros más perentorios, mientras se preparaba para ir al puerto. «La verdad es que no supe qué hacer —me dijo—. Lo primero que pensé fue que no era un asunto mío sino de la autoridad civil, pero después resolví decirle algo de pasada a Plácida Linero.» Sin embargo, cuando atravesó la plaza lo había olvidado por completo. «Usted tiene que entenderlo —me dijo—: aquel día desgraciado llegaba el obispo.» En el momento del crimen se sintió tan desesperado, y tan indigno de sí mismo, que no se le ocurrió nada más que ordenar que tocaran a fuego.

Mi hermano Luis Enrique entró en la casa por la puerta de la cocina, que mi madre dejaba sin cerrojo para que mi padre no nos sintiera entrar. Fue al baño antes de acostarse, pero se durmió sentado en el retrete, y cuando mi hermano Jaime se levantó para ir a la escuela, lo encontró tirado boca abajo en las baldosas, y cantando dormido. Mi hermana la monja, que no iría a esperar al obispo porque tenía una cruda de cuarenta grados, no consiguió despertarlo. «Estaban dando las cinco cuando fui al baño», me dijo. Más tarde, cuando mi hermana Margot entró a bañarse para ir al puerto, logró llevarlo a duras penas al dormitorio. Desde el otro lado del sueño, oyó sin despertar los primeros bramidos del buque del obispo.

1 **campal** actividad a campo abierto – 2 **santiguarse** hacer la señal de la cruz desde la frente al pecho y desde el hombro izquierdo al derecho – 7 **tenebroso** oscuro, sombrío – 7 **una casa de salud** centro de higiene o clínica pequeña – 9 **perentorio** urgente, apremiante – 16 **desesperado** up que ha perdido la paciencia, la calma, la esperanza – 17 **tocar a fuego** hacer con el toque de las campanas una señal de incendio – 19 **un cerrojo** barra de hierro con manija que sirve para cerrar puertas y ventanas – 21 **un retrete** WC – 24 **una cruda** *coloq* malestar que padece up después de haber bebido gran cantidad de alcohol

Después se durmió a fondo, rendido por la parranda, hasta que mi hermana la monja entró en el dormitorio tratando de ponerse el hábito a la carrera, y lo despertó con su grito de loca:

—¡Mataron a Santiago Nasar!

Los estragos de los cuchillos fueron apenas un principio de la autopsia inclemente que el padre Carmen Amador se vio obligado a hacer por ausencia del doctor Dionisio Iguarán. «Fue como si hubiéramos vuelto a matarlo después de muerto —me dijo el antiguo párroco en su retiro de Calafell—. Pero era una orden del alcalde, y las órdenes de aquel bárbaro, por estúpidas que fueran, había que cumplirlas.» No era del todo justo. En la confusión de aquel lunes absurdo, el coronel Aponte había sostenido una conversación telegráfica urgente con el gobernador de la provincia, y éste lo autorizó para que hiciera las diligencias preliminares mientras mandaban un juez instructor. El alcalde había sido antes oficial de tropa sin ninguna experiencia en asuntos de justicia, y era demasiado fatuo para preguntarle a alguien que lo supiera por dónde tenía que empezar. Lo primero que lo inquietó fue la autopsia. Cristo Bedoya, que era estudiante de medicina, logró la dispensa por su amistad íntima con Santiago Nasar. El alcalde pensó que el cuerpo podía mantenerse refrigerado hasta que regresara el doctor Dionisio Iguarán, pero no encontró nevera de tamaño humano, y la única apropiada en el mercado estaba fuera de servicio. El cuerpo había sido expuesto a la contemplación pública en el centro de la sala, tendido sobre un angosto catre de hierro mientras le fabricaban un ataúd de rico. Habían llevado los ventiladores de los dormitorios, y algunos de las casas vecinas, pero había tanta gente ansiosa de verlo que fue preciso apartar los muebles y descolgar las jaulas y las macetas

2 **verse obligado** tener que hacer uc forzosamente – 3 **la ausencia** sin la presencia de up – 7 **un estúpido** up tonta, torpe, limitada – 11 **preliminar** uc que sirve de introducción en algún caso o materia – 14 **fatuo** vanidoso, soberbio – 16 **una dispensa** hacer una *excepción* (Ausnahme) de uc que obligatoriamentre debe hacerse por ley – 18 **refrigerar** mantener fría uc en un aparato especial para ello – 20 **apropiado** conveniente, justo, idóneo (geeignet) – 20 **fuera de servicio** uc que no funciona – 21 **la contemplación** observar uc – 22 **angosto** estrecho, reducido (eng) – 22 **un catre** cama angosta para una sola persona – 23 **un ataúd** caja donde se deposita un cadáver para enterrarlo – 26 **apartar** quitar uc de donde estaba – 26 **descolgar** quitar o bajar uc que está suspendida de su parte superior y la inferior no toca el suelo – 26 **una jaula** caja formada de alambres o varillas de madera usada para encerrar animales

de helechos, y aun así era insoportable el calor. Además, los perros alborotados por el olor de la muerte aumentaban la zozobra. No habían dejado de aullar desde que yo entré en la casa, cuando Santiago Nasar agonizaba todavía en la cocina, y encontré a Divina Flor llorando a gritos y manteniéndolos a raya con una tranca.

—Ayúdame —me gritó—, que lo que quieren es comerse las tripas.

Los encerramos con candado en las pesebreras. Plácida Linero ordenó más tarde que los llevaran a algún lugar apartado hasta después del entierro. Pero hacia el mediodía, nadie supo cómo, se escaparon de donde estaban e irrumpieron enloquecidos en la casa. Plácida Linero, por una vez, perdió los estribos.

—¡Estos perros de mierda! —gritó—. ¡Que los maten!

La orden se cumplió de inmediato, y la casa volvió a quedar en silencio. Hasta entonces no había temor alguno por el estado del cuerpo. La cara había quedado intacta, con la misma expresión que tenía cuando cantaba, y Cristo Bedoya le había vuelto a colocar las vísceras en su lugar y lo había fajado con una banda de lienzo. Sin embargo, en la tarde empezaron a manar de las heridas unas aguas color de almíbar que atrajeron a las moscas, y una mancha morada le apareció en el bozo y se extendió muy despacio como la sombra de una nube en el agua hasta la raíz del cabello. La cara que siempre fue indulgente adquirió una expresión de enemigo, y su madre se la cubrió

1 **insoportable** desesperante, molesto – 3 **la zozobra** sentimiento de inquietud o intranquilidad ante un temor o peligro – 3 **aullar** quejido triste y prolongado que emiten algunos animales como el perro – 4 **agonizar** *aquí:* últimos momentos de vida de up que está a punto de morir – 5 **mantener a raya** controlar – 9 **un candado** cerradura portátil de metal que sirve para asegurar puertas, ventanas, maletas, etc – 13 **enloquecer** perder la razón, volverse loco – 13 **perder los estribos** perder la calma y el control – 20 **fajar** envolver con una tira de tela una parte del cuerpo – 22 **manar** salir un líquido de algún lugar – 22 **el almíbar** jarabe dulce que se prepara hirviendo agua con azúcar – 22 **atraer** llamar la atención de up o un animal – 23 **el bozo** *aquí:* parte exterior de la boca – 24 **extenderse** aumentar la superficie de uc, ocupando más espacio que antes – 25 **indulgente** up que es benévola para juzgar o castigar a otros

con un pañuelo. El coronel Aponte comprendió entonces que ya no era posible esperar, y le ordenó al padre Amador que practicara la autopsia. «Habría sido peor desenterrarlo después de una semana», dijo. El párroco había hecho la carrera de medicina y cirugía en Salamanca, pero ingresó en el seminario sin graduarse, y hasta el alcalde sabía que su autopsia carecía de valor legal. Sin embargo, hizo cumplir la orden.

Fue una masacre, consumada en el local de la escuela pública con la ayuda del boticario que tomó las notas, y un estudiante de primer año de medicina que estaba aquí de vacaciones. Sólo dispusieron de algunos instrumentos de cirugía menor, y el resto fueron hierros de artesanos. Pero al margen de los destrozos en el cuerpo, el informe del padre Amador parecía correcto, y el instructor lo incorporó al sumario como una pieza útil.

Siete de las numerosas heridas eran mortales. El hígado estaba casi seccionado por dos perforaciones profundas en la cara anterior. Tenía cuatro incisiones en el estómago, y una de ellas tan profunda que lo atravesó por completo y le destruyó el páncreas. Tenía otras seis perforaciones menores en el colon trasverso, y múltiples heridas en el intestino delgado. La única que tenía en el dorso, a la altura de la tercera vértebra lumbar, le había perforado el riñón derecho. La cavidad abdominal

3 **desenterrar** sacar uc que estaba metida en la tierra – 5 **la cirugía** parte de la medicina que tiene como objeto curar las enfermedades por medio de una operación – 5 **ingresar** entrar a formar parte de alguna corporación o institución – 6 **graduarse** obtener un grado académico – 9 **un boticario** famacéutico que prepara y vende las medicinas – 12 **al margen** fuera de – 14 **incorporar** unir uc a otra para que formen un todo – 17 **seccionar** dividir o cortar en secciones – 18 **una cara** superficie plana de uc – 18 **una incisión** corte preciso que se le hace a un cuerpo con un instrumento cortante – 20 **páncreas** órgano glandular del ser humano que contribuye a la digestión y segrega insulina (Bauchspeicheldrüse) – 20 **el colon trasverso** parte del intestino grueso – 21 **el intestino delgado** primera porción más delgada de ese órgano (Dünndarm) – 22 **el dorso** espalda – 22 **la vértebra lumbar** cada uno de los huesos cortos que abarcan la cintura y la cadera – 23 **el riñón** cada uno de los dos órganos glandulares que purifican la sangre y producen la orina – 23 **la cavidad abdominal** espacio dentro del cuerpo humano donde se encuentran la mayor parte de las vísceras del aparato digestivo y genitourinario (Bauchhöhle)

estaba ocupada por grandes témpanos de sangre, y entre el lodazal de contenido gástrico apareció una medalla de oro de la Virgen del Carmen que Santiago Nasar se había tragado a la edad de cuatro años. La cavidad torácica mostraba dos perforaciones: una en el segundo espacio intercostal derecho que le alcanzó a interesar el pulmón, y otra muy cerca de la axila izquierda. Tenía además seis heridas menores en los brazos y las manos, y dos tajos horizontales: uno en el muslo derecho y otro en los músculos del abdomen. Tenía una punzada profunda en la palma de la mano derecha. El informe dice: «Parecía un estigma del Crucificado.» La masa encefálica pesaba sesenta gramos más que la de un inglés normal, y el padre Amador consignó en el informe que Santiago Nasar tenía una inteligencia superior y un porvenir brillante. Sin embargo, en la nota final señalaba una hipertrofia del hígado que atribuyó a una hepatitis mal curada. «Es decir —me dijo—, que de todos modos le quedaban muy pocos años de vida.» El doctor Dionisio Iguarán, que en efecto le había tratado una hepatitis a Santiago Nasar a los doce años, recordaba indignado aquella autopsia. «Tenía que ser cura para ser tan bruto —me dijo—. No hubo manera de hacerle entender nunca que la gente del trópico tenemos el hígado más grande que los gallegos.» El informe concluía que la causa de la muerte fue

1 **un témpano** pedazo de uc dura, extendida o plana – 2 **un lodazal** *fig* sitio lleno de lodo – 2 **el contenido gástrico** lo que se encuentra dentro del estómago – 4 **la cavidad torácica** espacio que pertenece al tórax – 5 **intercostal** uc que está entre las *costillas* (Rippen) – 7 **la axila** parte del cuerpo humano situada abajo de los brazos – 8 **un tajo** corte profundo y liso hecho con un instrumento adecuado – 8 **el muslo** parte de la pierna que va desde la rodilla hasta la cadera – 10 **una punzada** herida que causa la punta de uc – 10 **un informe** descripción detallada de un suceso o asunto – 11 **crucificar** up que ha sido clavada en una cruz como Jesucristo – 11 **la masa encefálica** conjunto de órganos que forman parte del sistema nervioso y se encuentran ubicados en la cavidad interna del *cráneo* (Schädel) – 13 **consignar** asentar opiniones, hechos, circunstancias, etc por escrito – 15 **una hipertrofia** crecimiento excesivo de un órgano del cuerpo – 16 **atribuir** considerar que uc ha sido producida por uc o up, sin tener plena seguridad de ello – 20 **indignarse** enojarse mucho a causa de uc o up que se considera intolerable – 23 **un gallego** up de Galicia (España)

una hemorragia masiva ocasionada por cualquiera de las siete heridas mayores.

Nos devolvieron un cuerpo distinto. La mitad del cráneo había sido destrozado con la trepanación, y el rostro de galán que la muerte había preservado acabó de perder su identidad. Además, el párroco había arrancado de cuajo las vísceras destazadas, pero al final no supo qué hacer con ellas, y les impartió una bendición de rabia y las tiró en el balde de la basura. A los últimos curiosos asomados a las ventanas de la escuela pública se les acabó la curiosidad, el ayudante se desvaneció, y el coronel Lázaro Aponte, que había visto y causado tantas masacres de represión, terminó por ser vegetariano además de espiritista. El cascarón vacío, embutido de trapos y cal viva, y cosido a la machota con bramante basto y agujas de enfardelar, estaba a punto de desbaratarse cuando lo pusimos en el ataúd nuevo de seda capitonada. «Pensé que así se conservaría por más tiempo», me dijo el padre Amador. Sucedió lo contrario: tuvimos que enterrarlo deprisa al amanecer, porque estaba en tan mal estado que ya no era soportable dentro de la casa.

Despuntaba un martes turbio. No tuve valor para dormir solo al término de la jornada opresiva, y empujé la puerta de la casa de María Alejandrina Cervantes por si no había pasado el cerrojo. Los calabazos de luz estaban encendidos en los árboles, y en el patio de baile había varios fogones de leña con

1 **una hemorragia** salida más o menos abundante de sangre por rotura de vasos – 1 **ocasionar** producir, causar, originar – 4 **una trepanación** perforación de los huesos del cráneo con fines curativos o diagnóstico – 5 **un galán** un hombre muy bien parecido – 11 **desvanecerse** desaparecer poco a poco – 12 **la represión** acción por parte del poder para detener o castigar con violencia actos de rebelión – 13 **un cascarón** *fig* cubierta que forma la parte externa del huevo – 13 **embutir** meter uc dentro de otra y comprimirlo – 14 **a la machota** *AmS coloq* sin cuidado – 14 **bramante** hilo gordo o cordel muy delgado hecho de cáñamo (Bindfaden) – 15 **enfardelar** hacer sacos que llevan los pobres, pastores o caminantes para sus alimentos y otras cosas – 16 **capitonado** acolchado (gepolstert) – 21 **despuntar** empezar a aparecer la luz del día – 22 **una jornada** tiempo necesario para realizar uc – 22 **opresivo** dominante, agobiante

enormes ollas humeantes, donde las mulatas estaban tiñendo de luto sus ropas de parranda. Encontré a María Alejandrina Cervantes despierta como siempre al amanecer, y desnuda por completo como siempre que no había extraños en la casa. Estaba sentada a la turca sobre la cama de reina frente a un platón babilónico de cosas de comer: costillas de ternera, una gallina hervida, lomo de cerdo, y una guarnición de plátanos y legumbres que hubieran alcanzado para cinco. Comer sin medida fue siempre su único modo de llorar, y nunca la había visto hacerlo con semejante pesadumbre. Me acosté a su lado, vestido, sin hablar apenas, y llorando yo también a mi modo. Pensaba en la ferocidad del destino de Santiago Nasar, que le había cobrado 20 años de dicha no sólo con la muerte, sino además con el descuartizamiento del cuerpo, y con su dispersión y exterminio. Soñé que una mujer entraba en el cuarto con una niña en brazos, y que ésta ronzaba sin tomar aliento y los granos de maíz a medio mascar le caían en el corpiño. La mujer me dijo: «Ella mastica a la topa tolondra, un poco al desgaire, un poco al desgarriate.» De pronto sentí los dedos ansiosos que me soltaban los botones de la camisa, y sentí el olor peligroso de la bestia de amor acostada a mis espaldas, y sentí que me hundía en las delicias de las arenas

1 **una olla** recipiente redondeado de barro o metal utilizado para cocinar los alimentos – 1 **teñir** dar a uc un color distinto al que tenía originalmente – 5 **a la turca** sentarse con las piernas cruzadas – 6 **un platón** plato de poca profundidad, que se coloca al centro de la mesa con los alimentos que se van a consumir – 6 **babilónico** ostentoso, fastuoso – 6 **la ternera** cría hembra de la vaca de menos de cuatro meses de nacida – 7 **hervido** un alimento que se ha cocido en agua muy caliente – 7 **una guarnición** acompañamiento del platillo principal, generalmente es una ensalada o legumbres – 8 **la legumbre** verdura – 9 **sin medida** excesivamente, exageradamente – 10 **la pesadumbre** sentimiento de pena, tristeza – 12 **la ferocidad** crueldad – 15 **la dispersión** separación – 15 **el exterminio** acabar con uc completamente – 16 **ronzar** hacer ruido al *masticar* (kauen) un alimento quebradizo – 17 **un grano** semilla comestible, pequeña, dura y redondeada de algunas plantas – 18 **un corpiño** prenda interior usada por las mujeres para cubrir el pecho – 18 **a la topa tolondra** *AmS coloq* hacer uc sin pensar, apresuradamente – 19 **al desgaire** con descuido – 19 **al desgarriate** conjunto de cosas sin orden ni método – 22 **la arena movediza** las suelta y mezclada con gran proporción de agua, es poco consistente y con la presión de uc se hace más profunda

movedizas de su ternura. Pero se detuvo de golpe, tosió desde muy lejos y se escurrió de mi vida.

—No puedo —dijo—: hueles a él.

No sólo yo. Todo siguió oliendo a Santiago Nasar aquel día. Los hermanos Vicario lo sintieron en el calabozo donde los encerró el alcalde mientras se le ocurría qué hacer con ellos. «Por más que me restregaba con jabón y estropajo no podía quitarme el olor», me dijo Pedro Vicario. Llevaban tres noches sin dormir, pero no podían descansar, porque tan pronto como empezaban a dormirse volvían a cometer el crimen. Ya casi viejo, tratando de explicarme su estado de aquel día interminable, Pablo Vicario me dijo sin ningún esfuerzo: «Era como estar despierto dos veces.» Esa frase me hizo pensar que lo más insoportable para ellos en el calabozo debió haber sido la lucidez.

El cuarto tenía tres metros de lado, una claraboya muy alta con barras de hierro, una letrina portátil, un aguamanil con su palangana y su jarra, y dos camas de mampostería con colchones de estera. El coronel Aponte, bajo cuyo mandato se había construido, decía que no hubo nunca un hotel más humano. Mi hermano Luis Enrique estaba de acuerdo, pues una noche lo encarcelaron por una reyerta de músicos, y el alcalde permitió por caridad que una de las mulatas lo acompañara. Tal vez los hermanos Vicario hubieran pensado

1 **de golpe** bruscamente, de repente – 2 **escurrir** salir, desprender – 5 **un calabozo** celda de una *cárcel* (Gefängnis), especialmente para presos incomunicados – 6 **ocurrírsele** pensar o idear uc a up – 7 **restregar** pasar uc contra otra con fuerza muchas veces – 7 **el estropajo** fibra natural muy porosa y absorbente que se usa para lavarse el cuerpo – 11 **un estado** *aquí:* situación en la que se encuentra una persona – 15 **la lucidez** capacidad de up para pensar claramente – 16 **una claraboya** ventana pequeña en la parte alta de un muro – 17 **una letrina** lugar usado por varias personas como retrete que vierte la suciedad en un solo tubo colector – 17 **portátil** uc que se puede mover o transportar fácilmente – 17 **un aguamanil** jarro usado para echar agua para lavarse las manos – 18 **una palangana** recpiente a donde cae el agua del aguamanil – 18 **la mamposteria** construcción hecha con piedras desiguales o ladrillos ajustadas con cemento – 19 **una estera** tejido de palma o junco que sirve para cubrir partes del suelo para poder sentarse o acostarse en él – 22 **encarcelar** meter a up a la cárcel – 22 **una reyerta** lucha, enfrentamiento violento

lo mismo a las ocho de la mañana, cuando se sintieron a salvo de los árabes. En ese momento los reconfortaba el prestigio de haber cumplido con su ley, y su única inquietud era la persistencia del olor. Pidieron agua abundante, jabón de monte y estropajo, y se lavaron la sangre de los brazos y la cara, y lavaron además las camisas, pero no lograron descansar. Pedro Vicario pidió también sus purgaciones y diuréticos, y un rollo de gasa estéril para cambiarse la venda, y pudo orinar dos veces durante la mañana. Sin embargo, la vida se le fue haciendo tan difícil a medida que avanzaba el día, que el olor pasó a segundo lugar. A las dos de la tarde, cuando hubiera podido fundirlos la modorra del calor, Pedro Vicario estaba tan cansado que no podía permanecer tendido en la cama, pero el mismo cansancio le impedía mantenerse de pie. El dolor de las ingles le llegaba hasta el cuello, se le cerró la orina, y padeció la certidumbre espantosa de que no volvería a dormir en el resto de su vida. «Estuve despierto once meses», me dijo, y yo lo conocía bastante bien para saber que era cierto. No pudo almorzar. Pablo Vicario, por su parte, comió un poco de cada cosa que le llevaron, y un cuarto de hora después se desató en una colerina pestilente. A las seis de la tarde, mientras le hacían la autopsia al cadáver de Santiago Nasar, el alcalde fue llamado de urgencia porque Pedro Vicario estaba convencido de que habían envenenado a su hermano. «Me estaba yendo en aguas —me dijo Pablo Vicario—, y no podíamos quitarnos la idea de que eran vainas de los turcos.» Hasta entonces había desbordado dos veces la letrina portátil, y el guardián

2 **a salvo** fuera de peligro – 2 **reconfortar** alentar, consolar, animar – 4 **la persistencia** uc que dura mucho tiempo – 4 **abundante** ≠ poco, escaso – 4 **de monte** llamado también jabón de tierra, hecho con *ceniza* (Asche) y *cebo* (Nährboden) – 12 **fundir** derretir, convertir en un sólo líquido – 12 **la modorra** somnolencia, sopor profundo – 15 **la ingle** parte del cuerpo donde se une el muslo con el abdomen – 15 **padecer** sentir un daño, enfermedad, dolor o pena – 16 **espantoso** *aquí:* una emoción intensa, una sensación desagradable – 20 **desatarse** *aquí:* soltar, desencadenar – 21 **una colerina** enfermedad parecida al cólera, pero menos grave – 21 **pestilente** uc que da mal olor – 24 **envenenar** dar un *veneno* (Gift) a up – 24 **irse de aguas** *coloq* diarrea – 27 **desbordar** uc que se sale de los límites que la contienen, derramar

de vista lo había llevado otras seis al retrete de la alcaldía. Allí lo encontró el coronel Aponte, encañonado por la guardia en el excusado sin puertas, y desaguándose con tanta fluidez que no era absurdo pensar en el veneno. Pero lo descartaron de inmediato, cuando se estableció que sólo había bebido el agua y comido el almuerzo que les mandó Pura Vicario. No obstante, el alcalde quedó tan impresionado, que se llevó a los presos para su casa con una custodia especial, hasta que vino el juez de instrucción y los trasladó al panóptico de Riohacha.

El temor de los gemelos respondía al estado de ánimo de la calle. No se descartaba una represalia de los árabes, pero nadie, salvo los hermanos Vicario, había pensado en el veneno. Se suponía más bien que aguardaran la noche para echar gasolina por la claraboya e incendiar a los prisioneros dentro del calabozo. Pero aun ésa era una suposición demasiado fácil. Los árabes constituían una comunidad de inmigrantes pacíficos que se establecieron a principios del siglo en los pueblos del Caribe, aun en los más remotos y pobres, y allí se quedaron vendiendo trapos de colores y baratijas de feria. Eran unidos, laboriosos y católicos. Se casaban entre ellos, importaban su trigo, criaban corderos en los patios y cultivaban el orégano y la berenjena, y su única pasión tormentosa eran los juegos de barajas. Los mayores siguieron hablando el árabe rural que trajeron de su tierra, y lo conservaron intacto en familia hasta la segunda generación, pero los de la tercera, con la

2 **encañonar** dirigir un arma de fuego contra up – 3 **el excusado** retrete, wc – 3 **desaguarse** vomitar, evacuar el *vientre* (Bauch) o ambas cosas – 3 **la fluidez** capacidad de uc para moverse con facilidad sin interrupciones – 4 **descartar** rechazar, desechar (zurückweisen) – 7 **impresionar** sensación intensa causada en up por un suceso – 8 **la custodia** up o grupo de personas que vigilan a un preso – 10 **el estado de ánimo** situación en que se encuentra up momentáneamente, alegre, triste, preocupada, etc – 13 **suponer** creer que uc va a suceder o up actuará de cierta forma a partir de lo que se sabe – 13 **aguardar** esperar a que llegue uc o up – 16 **constituir** formar, componer – 19 **una baratija** uc de baja calidad y poco valor – 19 **unido** un grupo de personas vinculado por un fin común, ayudándose mutuamente – 20 **laborioso** trabajador – 22 **una berenjena** verdura aovada de color morado por fuera y pulpa blanca (Aubergine) – 22 **tormentoso** uc que causa conflictos y sufrimientos – 22 **el juego de baraja** → jugar con un conjunto de *naipes* (Spielkarten) diferentes juegos

excepción de Santiago Nasar, les oían a sus padres en árabe y les contestaban en castellano. De modo que no era concebible que fueran a alterar de pronto su espíritu pastoral para vengar una muerte cuyos culpables podíamos ser todos. En cambio nadie pensó en una represalia de la familia de Plácida Linero, que fueron gentes de poder y de guerra hasta que se les acabó la fortuna, y que habían engendrado más de dos matones de cantina preservados por la sal de su nombre.

El coronel Aponte, preocupado por los rumores, visitó a los árabes familia por familia, y al menos por esa vez sacó una conclusión correcta. Los encontró perplejos y tristes, con insignias de duelo en sus altares, y algunos lloraban a gritos sentados en el suelo, pero ninguno abrigaba propósitos de venganza. Las reacciones de la mañana habían surgido al calor del crimen, y sus propios protagonistas admitieron que en ningún caso habrían pasado de los golpes. Más aún: fue Suseme Abdala, la matriarca centenaria, quien recomendó la infusión prodigiosa de flores de pasionaria y ajenjo mayor que segó la colerina de Pablo Vicario y desató a la vez el manantial florido de su gemelo. Pedro Vicario cayó entonces en un sopor insomne, y el hermano restablecido concilio su primer sueño

2 **concebible** uc que puede imaginarse – 3 **alterar** trastornar, perturbar, inquietar – 3 **pastoral** relacionado con un pastor: up que guarda y guía el ganado – 7 **engendrar** dar vida, procrear – 8 **una cantina** lugar donde se venden y sirven bebidas alcohólicas y algún alimento – 8 **la sal** *aquí:* condimento (Würze) – 9 **un rumor** noticia que va de boca en boca pero no está confirmada – 10 **sacar una conclusión** deducir, llegar a un resutado a partir de un conocimiento previo – 11 **perplejo** dudoso, incierto, confuso – 12 **una insignia** señal – 12 **el duelo** demostraciones de dolor por la muerte de up – 13 **abrigar** *aquí:* tener ciertas ideas o sentimientos – 14 **la venganza** daño que se le causa a up como reacción por un mal recibido por esa persona – 14 **surgir** aparecer, brotar, salir – 15 **admitir** aceptar – 17 **una matriarca** mujer que ejerce la autoridad en una familia, sociedad o grupo – 17 **centenario** de cien años – 18 **infusión** bebida que se obtiene de hervir algún fruto o hierba aromática – 18 **prodigioso** extraodinario, maravilloso – 18 **la flor pasionaria** flor de la planta originaria de Brasil (Passionsblüte) – 18 **el ajenjo** planta medicinal, muy amarga y aromática (Wermutkraut) – 19 **segar** cortar, interrumpir uc de modo violento y de repente – 19 **un manantial** lugar donde el agua brota naturalmente de la tierra – 20 **florido** abundante, opulento, exuberante – 21 **restablecido** recuperarse de una enfermedad – 21 **conciliar el sueño** poder dormir

sin remordimientos. Así los encontró Purísima Vicario a las tres de la madrugada del martes, cuando el alcalde la llevó a despedirse de ellos.

Se fue la familia completa, hasta las hijas mayores con sus maridos, por iniciativa del coronel Aponte. Se fueron sin que nadie se diera cuenta, al amparo del agotamiento público, mientras los únicos sobrevivientes despiertos de aquel día irreparable estábamos enterrando a Santiago Nasar. Se fueron mientras se calmaban los ánimos, según la decisión del alcalde, pero no regresaron jamás. Pura Vicario le envolvió la cara con un trapo a la hija devuelta para que nadie le viera los golpes, y la vistió de rojo encendido para que no se imaginaran que le iba guardando luto al amante secreto. Antes de irse le pidió al padre Amador que confesara a los hijos en la cárcel, pero Pedro Vicario se negó, y convenció al hermano de que no tenían nada de que arrepentirse. Se quedaron solos, y el día del traslado a Riohacha estaban tan repuestos y convencidos de su razón, que no quisieron ser sacados de noche, como hicieron con la familia, sino a pleno sol y con su propia cara. Poncio Vicario, el padre, murió poco después. «Se lo llevó la pena moral», me dijo Ángela Vicario. Cuando los gemelos fueron absueltos se quedaron en Riohacha, a sólo un día de viaje de Manaure, donde vivía la familia. Allá fue Prudencia Cotes a casarse con Pablo Vicario, que aprendió el oficio del oro en el taller de su padre y llegó a ser un orfebre depurado. Pedro Vicario, sin amor ni empleo, se reintegró tres años después a las Fuerzas Armadas, mereció las insignias de sargento primero, y una mañana espléndida su patrulla se internó en

1 **el remordimiento** sentimiento de culpa y arrepentimiento por una acción cometida – 6 **el amparo** protección, ayuda – 7 **un sobreviviente** up que ha conservado la vida después de un suceso de peligro – 9 **calmarse** tranquilizarse, pacificarse, serenarse – 16 **arrepentirse** sentir pesar por haber hecho o dejado de hacer uc – 17 **estar repuesto** up que se ha recuperado de una enfermedad – 23 **Manaure** municipio del departamento colombiano de La Guajira – 25 **depurado** perfeccionado – 26 **un empleo** trabajo, ocupación, oficio – 26 **reintegrarse** volver a ejercer una actividad que se había abandonado – 27 **las Fuerzas Armadas** el Ejército, la Armada y la Aviación – 28 **internarse** ir hacia adentro de uc

territorio de guerrillas cantando canciones de putas, y nunca más se supo de ellos.

Para la inmensa mayoría sólo hubo una víctima: Bayardo San Román. Suponían que los otros protagonistas de la tragedia habían cumplido con dignidad, y hasta con cierta grandeza, la parte de favor que la vida les tenía señalada. Santiago Nasar había expiado la injuria, los hermanos Vicario habían probado su condición de hombres, y la hermana burlada estaba otra vez en posesión de su honor. El único que lo había perdido todo era Bayardo San Román. «El pobre Bayardo», como se le recordó durante años. Sin embargo, nadie se había acordado de él hasta después del eclipse de luna, el sábado siguiente, cuando el viudo de Xius le contó al alcalde que había visto un pájaro fosforescente aleteando sobre su antigua casa, y pensaba que era el ánima de su esposa que andaba reclamando lo suyo. El alcalde se dio en la frente una palmada que no tenía nada que ver con la visión del viudo.

—¡Carajo! —gritó—. ¡Se me había olvidado ese pobre hombre!

Subió a la colina con una patrulla, y encontró el automóvil descubierto frente a la quinta, y vio una luz solitaria en el dormitorio, pero nadie respondió a sus llamados. Así que forzaron una puerta lateral y recorrieron los cuartos iluminados por los rescoldos del eclipse. «Las cosas parecían debajo del agua», me contó el alcalde. Bayardo San Román estaba inconsciente en la cama, todavía como lo había visto Pura Vicario en la madrugada del lunes con el pantalón de

1 **una puta** prostituta – 3 **inmenso** uc muy grande, difícil de medir o contar – 3 **una víctima** up que padece un daño cometido por otros – 6 **la parte de favor** *aquí: aprox* suceso principal – 6 **señalar** *aquí:* preparar, indicar – 7 **expiar** borrar la culpa mediante un sacrificio o castigo – 7 **la injuria** daño, ofensa – 12 **un eclipse de luna** ocultamiento total o parcial de la luna cuando la tierra se interpone entre ella y el sol – 14 **aletear** cuando un ave mueve sus alas repetidamente pero no se echa a volar – 16 **una palmada** golpe suave dado con la *palma de la mano* (Handfläche) – 23 **lateral** de lado – 23 **recorrer** registrar, avanzando de un punto a otro, para encontrar lo que se busca – 24 **un rescoldo** *fig* pequeña brasa que queda entre las cenizas – 26 **inconsciente** up que ha perdido el sentido, desmayado

fantasía y la camisa de seda, pero sin los zapatos. Había botellas vacías por el suelo, y muchas más sin abrir junto a la cama, pero ni un rastro de comida. «Estaba en el último grado de intoxicación etílica», me dijo el doctor Dionisio Iguarán, que lo había atendido de emergencia. Pero se recuperó en pocas horas, y tan pronto como recobró la razón los echó a todos de la casa con los mejores modos de que fue capaz.

—Que nadie me joda —dijo—. Ni mi papá con sus pelotas de veterano.

El alcalde informó del episodio al general Petronio San Román, hasta la última frase literal, con un telegrama alarmante. El general San Román debió tomar al pie de la letra la voluntad del hijo, porque no vino a buscarlo, sino que mandó a la esposa con las hijas, y a otras dos mujeres mayores que parecían ser sus hermanas. Vinieron en un buque de carga, cerradas de luto hasta el cuello por la desgracia de Bayardo San Román, y con los cabellos sueltos de dolor. Antes de pisar tierra firme se quitaron los zapatos y atravesaron las calles hasta la colina caminando descalzas en el polvo ardiente del medio día, arrancándose mechones de raíz y llorando con gritos tan desgarradores que parecían de júbilo. Yo las vi pasar desde el balcón de Magdalena Oliver, y recuerdo haber pensado que un desconsuelo como ése sólo podía fingirse para ocultar otras vergüenzas mayores.

El coronel Lázaro Aponte las acompañó a la casa de la colina, y luego subió el doctor Dionisio Iguarán en su mula de

3 **un rastro** señal o huella que deja up o uc a su paso – 4 **la intoxicación etílica** envenenamiento que se produce por tomar bebidas alcoholicas en exceso – 5 **atender** cuando un médico recibe a un enfermo para tratar su enfermedad o atender un daño físico – 6 **echar** hacer que up salga de un lugar – 8 **joder** *vulg aquí:* molestar, fastidiar – 8 **las pelotas** *vulg* testículos – 12 **al pie de la letra** tal como se dice o se ordena, sin interpretar nada, literalmente – 13 **la voluntad** *aquí:* intención o deseo – 17 **el cabello suelto** sin peinar, natural – 20 **arrancarse** sacar de raíz y con violencia uc que está adherida o sujeta a otra cosa – 20 **un mechón** porción de pelo separado del resto – 21 **desgarrador** uc que produce horror y sufrimiento – 21 **el júbilo** gran alegría que se expresa con entusiasmo – 23 **el desconsuelo** sentimiento de pena y dolor que no encuentra alivio – 24 **una vergüenza** sentimiento de humillación, deshonor por haber cometido un error o una mala acción

urgencias. Cuando se alivió el sol, dos hombres del municipio bajaron a Bayardo San Román en una hamaca colgada de un palo, tapado hasta la cabeza con una manta y con el séquito de plañideras. Magdalena Oliver creyó que estaba muerto.

—¡*Collons de déu* —exclamó—, qué desperdicio!

Estaba otra vez postrado por el alcohol, pero costaba creer que lo llevaran vivo, porque el brazo derecho le iba arrastrando por el suelo, y tan pronto como la madre se lo ponía dentro de la hamaca se le volvía a descolgar, de modo que dejó un rastro en la tierra desde la cornisa del precipicio hasta la plataforma del buque. Eso fue lo último que nos quedó de él: un recuerdo de víctima.

Dejaron la quinta intacta. Mis hermanos y yo subíamos a explorarla en noches de parranda cuando volvíamos de vacaciones, y cada vez encontrábamos menos cosas de valor en los aposentos abandonados. Una vez rescatamos la maletita de mano que Ángela Vicario le había pedido a su madre la noche de bodas, pero no le dimos ninguna importancia. Lo que encontramos dentro parecían ser los afeites naturales para la higiene y la belleza de una mujer, y sólo conocí su verdadera utilidad cuando Ángela Vicario me contó muchos años más tarde cuáles fueron los artificios de comadrona que le habían enseñado para engañar al esposo. Fue el único rastro que dejó en el que fuera su hogar de casada por cinco horas.

Años después, cuando volví a buscar los últimos testimonios para esta crónica, no quedaban tampoco ni los rescoldos de la dicha de Yolanda de Xius. Las cosas habían ido desapareciendo

3 **una manta** gran pedazo de tela que sirve para cubrir a up cuando está en la cama o cuando tiene frío – 4 **una plañidera** mujer llamada y pagada que iba a llorar a los entierros – 5 **¡Collons de déu!** *vulg cat:* cojones (testículos) de Dios, expresión grosera de sorpresa – 6 **postrar** debilitar, quitar el vigor y las fuerzas a up – 7 **arrastrar** llevar uc tocando el suelo – 10 **una cornisa** *aquí:* parte horizontal estrecha que corre al borde de un precipicio – 14 **explorar** recorrer algún lugar por todas partes para conocerlo – 16 **un aposento** habitación, cuarto, pieza – 19 **un afeite** cosmético – 21 **la utilidad** servicio o ayuda que puede producir uc o up – 23 **el esposo** up casada con respecto a su cónyuge – 25 **un testimonio** declaración donde se afirma o asegura uc

poco a poco a pesar de la vigilancia empecinada del coronel Lázaro Aponte, inclusive el escaparate de seis lunas de cuerpo entero que los maestros cantores de Mompox habían tenido que armar dentro de la casa, pues no cabía por las puertas. Al principio, el viudo de Xius estaba encantado pensando que eran recursos póstumos de la esposa para llevarse lo que era suyo. El coronel Lázaro Aponte se burlaba de él. Pero una noche se le ocurrió oficiar una misa de espiritismo para esclarecer el misterio, y el alma de Yolanda de Xius le confirmó de su puño y letra que en efecto era ella quien estaba recuperando para su casa de la muerte los cachivaches de la felicidad. La quinta empezó a desmigajarse. El coche de bodas se fue desbaratando en la puerta, y al final no quedó sino la carcacha podrida por la intemperie. Durante muchos años no se volvió a saber nada de su dueño. Hay una declaración suya en el sumario, pero es tan breve y convencional, que parece remendada a última hora para cumplir con una fórmula ineludible. La única vez que traté de hablar con él, 23 años más tarde, me recibió con una cierta agresividad, y se negó a aportar el dato más ínfimo que permitiera clarificar un poco su participación en el drama. En todo caso, ni siquiera sus padres sabían de él mucho más que nosotros, ni tenían la menor idea de qué vino a hacer en un pueblo extraviado sin otro propósito aparente que el de casarse con una mujer que no había visto nunca.

1 **la vigilancia** cuidado y observación de las cosas que están a cargo de uno – 1 **empecinado** up que mantiene sus ideas y actitudes aunque haya hechos que indique lo contrario – 2 **un escaparate** armario con puertas y vidrios para poner imágenes, porcelana, etc – 2 **una luna** cristal de un espejo, una ventana, unos lentes, etc – 2 **de cuerpo entero** *aquí:* del tamaño de una persona – 3 **un maestro cantor** up que compone canciones según sus vivencias, costumbres y gente – 3 **Mompox** pueblo del departamento de Bolivar – 4 **armar** unir las piezas que componen uc – 4 **caber** tener el tamaño necesario para entrar en algún lado – 6 **póstumo** que sucede después de la muerte de up – 9 **de su puño y letra** escrito personalmente – 11 **un cachivache** utensilio o mueble de una casa viejo e inútil – 12 **desmigajarse** *fig aquí:* deshacerse uc del mismo modo que el pan se deshace en migajas (partes muy pequeñas) – 13 **una carcacha** *Am* vehículo inútil y viejo – 13 **podrido** echado a perder – 14 **la intemperie** al aire libre, al descubierto – 16 **remendar** *aquí:* añadir, agregar – 17 **ineludible** forzoso, inevitable, obligatorio – 19 **ínfimo** mínimo, insignificante

De Ángela Vicario, en cambio, tuve siempre noticias de ráfagas que me inspiraron una imagen idealizada. Mi hermana la monja anduvo algún tiempo por la alta Guajira tratando de convertir a los últimos idólatras, y solía detenerse a conversar con ella en la aldea abrasada por la sal del Caribe donde su madre había tratado de enterrarla en vida. «Saludos de tu prima», me decía siempre. Mi hermana Margot, que también la visitaba en los primeros años, me contó que habían comprado una casa de material con un patio muy grande de vientos cruzados, cuyo único problema eran las noches de mareas altas, porque los retretes se desbordaban y los pescados amanecían dando saltos en los dormitorios. Todos los que la vieron en esa época coincidían en que era absorta y diestra en la máquina de bordar, y que a través de su industria había logrado el olvido.

Mucho después, en una época incierta en que trataba de entender algo de mí mismo vendiendo enciclopedias y libros de medicina por los pueblos de la Guajira, me llegué por casualidad hasta aquel moridero de indios. En la ventana de una casa frente al mar, bordando a máquina en la hora de más calor, había una mujer de medio luto con antiparras de alambre y canas amarillas, y sobre su cabeza estaba colgada una jaula con un canario que no paraba de cantar. Al verla así, dentro del marco idílico de la ventana, no quise creer que aquella mujer fuera la que yo creía, porque me resistía a

3 **La Guajira** uno de los 32 departamentos de Colombia situado al norte del país – 4 **un idólatra** up que adora falsas *deidades* (Gottheit) – 5 **una aldea** pueblo pequeño con pocos habitantes – 5 **abrasar** desgastar, consumir, maltratar – 7 **un primo** en relación con up, el hijo de su tío o tía – 9 **una casa de material** casa hecha con bloques de ladrillo, cemento y arena amarilla – 9 **los vientos cruzados** *aprox* donde el aire que sopla en varias direcciones – 10 **la marea alta** momento en que el agua del mar alcanza su máxima altura dentro del ciclo de mareas – 13 **absorto** up que tiene su atención concentrada en uc y no percibe nada más – 14 **la industria** *aquí:* trabajo – 18 **por casualidad** de manera accidental, imprevista – 19 **el moridero** lugar que se convierte en un espacio para morir – 21 **unas antiparras** *coloq* anteojos, gafas – 23 **parar** dejar de hacer uc – 24 **un marco** estructura que rodea un objeto, pieza en donde se encaja una puerta, ventana, etc – 25 **resistirse** negarse, oponerse, rehusarse

admitir que la vida terminara por parecerse tanto a la mala literatura. Pero era ella: Ángela Vicario veintitrés años después del drama.

Me trató igual que siempre, como un primo remoto, y contestó a mis preguntas con muy buen juicio y con sentido del humor. Era tan madura e ingeniosa, que costaba trabajo creer que fuera la misma. Lo que más me sorprendió fue la forma en que había terminado por entender su propia vida. Al cabo de pocos minutos ya no me pareció tan envejecida como a primera vista, sino casi tan joven como en el recuerdo, y no tenía nada en común con la que habían obligado a casarse sin amor a los 20 años. Su madre, de una vejez mal entendida, me recibió como a un fantasma difícil. Se negó a hablar del pasado, y tuve que conformarme para esta crónica con algunas frases sueltas de sus conversaciones con mi madre, y otras pocas rescatadas de mis recuerdos. Había hecho más que lo posible para que Ángela Vicario se muriera en vida, pero la misma hija le malogró los propósitos, porque nunca hizo ningún misterio de su desventura. Al contrario: a todo el que quiso oírla se la contaba con sus pormenores, salvo el que nunca se había de aclarar: quién fue, y cómo y cuándo, el verdadero causante de su perjuicio, porque nadie creyó que en realidad hubiera sido Santiago Nasar. Pertenecían a dos mundos divergentes. Nadie los vio nunca juntos, y mucho menos solos. Santiago Nasar era demasiado altivo para fijarse en ella. «Tu prima la boba», me decía, cuando tenía que mencionarla. Además, como decíamos entonces, él era un gavilán pollero. Andaba solo, igual que su padre, cortándole el cogollo a cuanta doncella sin rumbo empezaba a despuntar

5 **el sentido del humor** capacidad de up para descubrir el aspecto divertido de las cosas – 6 **ingenioso** ocurrente, gracioso (witzig) – 9 **envejecer** perder la juventud – 12 **mal entendido** interpretación equivocada de uc – 13 **un fantasma** figura de up muerta que asusta a los vivos (Gespenst) – 14 **conformarse** resignarse, darse por satisfecho – 18 **malograr** frustrar uc que se pretendía hacer – 19 **la desventura** desgracia, desdicha, infortunio – 22 **el perjuicio** situación que produce un daño – 25 **altivo** ≠ humilde, sencillo – 25 **fijarse en up** tener interés en up – 28 **un gavilán pollero** *aquí:* conquistador – 29 **el cogollo** lo mas selecto o importante – 29 **doncella** virgen, casta, inocente – 29 **sin rumbo** andar sin dirección fija

por esos montes, pero nunca se le conoció dentro del pueblo otra relación distinta de la convencional que mantenía con Flora Miguel, y de la tormentosa que lo enloqueció durante catorce meses con María Alejandrina Cervantes. La versión más corriente, tal vez por ser la más perversa, era que Ángela Vicario estaba protegiendo a alguien a quien de veras amaba, y había escogido el nombre de Santiago Nasar porque nunca pensó que sus hermanos se atreverían contra él. Yo mismo traté de arrancarle esta verdad cuando la visité por segunda vez con todos mis argumentos en orden, pero ella apenas si levantó la vista del bordado para rebatirlos.

—Ya no le des más vueltas, primo —me dijo—. Fue él.

Todo lo demás lo contó sin reticencias, hasta el desastre de la noche de bodas. Contó que sus amigas la habían adiestrado para que emborrachara al esposo en la cama hasta que perdiera el sentido, que aparentara más vergüenza de la que sintiera para que él apagara la luz, que se hiciera un lavado drástico de aguas de alumbre para fingir la virginidad, y que manchara la sábana con mercurio cromo para que pudiera exhibirla al día siguiente en su patio de recién casada. Sólo dos cosas no tuvieron en cuenta sus coberteras: la excepcional resistencia de bebedor de Bayardo San Román, y la decencia pura que Ángela Vicario llevaba escondida dentro de la estolidez impuesta por su madre. «No hice nada de lo que me dijeron —me dijo—, porque mientras más lo pensaba más me daba cuenta de que todo aquello era una porquería que no se le podía hacer a nadie, y menos al pobre hombre que había tenido la mala suerte de casarse conmigo.» De modo que se

11 **rebatir** discutir, rechazar, refutar – 12 **darle vueltas a uc** *aquí:* discutir sobre el mismo tema una y otra vez – 13 **la reticencia** desconfianza, reserva – 14 **adiestrar** *aquí:* preparar, enseñar – 15 **emborrachar** hacer que up tome alcohol en exceso – 16 **aparentar** actuar de una manera contraria a como up es en realidad – 18 **drástico** violento, rudo – 18 **el alumbre** sulfato doble de alumninio y potasio (Alaun) – 19 **el mercurio cromo** medicamento antiséptico que se aplica en la piel y es de color rojo-anaranjado – 21 **tener en cuenta** considerar, pensar – 21 **una cobertera** *coloq* mujer que oculta uc de up o sus acciones – 22 **la decencia** honestidad, nobleza, integridad – 24 **la estolidez** falta de razón, insensatez – 26 **una porqueria** acción sucia e indecente

dejó desnudar sin reservas en el dormitorio iluminado, a salvo ya de todos los miedos aprendidos que le habían malogrado la vida. «Fue muy fácil —me dijo—, porque estaba resuelta a morir.»

La verdad es que hablaba de su desventura sin ningún pudor para disimular la otra desventura, la verdadera, que le abrasaba las entrañas. Nadie hubiera sospechado siquiera, hasta que ella se decidió a contármelo, que Bayardo San Román estaba en su vida para siempre desde que la llevó de regreso a su casa. Fue un golpe de gracia. «De pronto, cuando mamá empezó a pegarme, empecé a acordarme de él», me dijo. Los puñetazos le dolían menos porque sabía que eran por él. Siguió pensando en él con un cierto asombro de sí misma cuando sollozaba tumbada en el sofá del comedor. «No lloraba por los golpes ni por nada de lo que había pasado —me dijo—: lloraba por él.» Seguía pensando en él mientras su madre le ponía compresas de árnica en la cara, y más aún cuando oyó la gritería en la calle y las campanas de incendio en la torre, y su madre entró a decirle que ahora podía dormir, pues lo peor había pasado.

Llevaba mucho tiempo pensando en él sin ninguna ilusión cuando tuvo que acompañar a su madre a un examen de la vista en el hospital de Riohacha. Entraron de pasada en el Hotel del Puerto, a cuyo dueño conocían, y Pura Vicario pidió un vaso de agua en la cantina. Se lo estaba tomando, de espaldas a la hija, cuando ésta vio su propio pensamiento reflejado en los espejos repetidos de la sala. Ángela Vicario volvió la cabeza con el último aliento, y lo vio pasar a su lado sin verla, y lo vio salir del hotel. Luego miró otra vez a su madre con el corazón hecho trizas. Pura Vicario había acabado de beber, se secó

1 **sin reservas** sin limitaciones – 1 **iluminado** ≠ oscuro – 5 **el pudor** vergüenza, recato – 10 **un golpe de gracia** hecho que completa la desdicha de up – 11 **un puñetazo** golpe que se da con la mano cerrada – 13 **sollozar** movimientos al llorar por un dolor intenso o una gran emoción – 16 **una compresa** tela fina doblada varias veces para formar una tira que se presiona sobre una parte del cuerpo para detener una hemorragia, cubrir una herida o aplicar un medicamento – 17 **la gritería** confusión originada por personas que están hablando muy alto y al mismo tiempo en un lugar – 22 **de pasada** estar en un lugar provisionalmente – 29 **hacer trizas** destruir completamente

los labios con la manga y le sonrió desde el mostrador con los lentes nuevos. En esa sonrisa, por primera vez desde su nacimiento, Ángela Vicario la vio tal como era: una pobre mujer consagrada al culto de sus defectos. «Mierda», se dijo. Estaba tan trastornada, que hizo todo el viaje de regreso cantando en voz alta, y se tiró en la cama a llorar durante tres días.

Nació de nuevo. «Me volví loca por él —me dijo—, loca de remate.» Le bastaba cerrar los ojos para verlo, lo oía respirar en el mar, la despertaba a media noche el fogaje de su cuerpo en la cama. A fines de esa semana, sin haber conseguido un minuto de sosiego, le escribió la primera carta. Fue una esquela convencional, en la cual le contaba que lo había visto salir del hotel, y que le habría gustado que él la hubiera visto. Esperó en vano una respuesta. Al cabo de dos meses, cansada de esperar, le mandó otra carta en el mismo estilo sesgado de la anterior, cuyo único propósito parecía ser reprocharle su falta de cortesía. Seis meses después había escrito seis cartas sin respuestas, pero se conformó con la comprobación de que él las estaba recibiendo.

Dueña por primera vez de su destino, Ángela Vicario descubrió entonces que el odio y el amor son pasiones recíprocas. Cuantas más cartas mandaba, más encendía las brasas de su fiebre, pero más calentaba también el rencor feliz que sentía contra su madre. «Se me revolvían las tripas de sólo verla —me dijo—, pero no podía verla sin acordarme de él. » Su vida de casada devuelta seguía siendo tan simple como la de soltera, siempre bordando a máquina con sus amigas como antes hizo tulipanes de trapo y pájaros de papel, pero cuando su madre se acostaba permanecía en el cuarto

2 **los lentes** anteojos, gafas – 4 **un defecto** imperfección en uc o up – 7 **de remate** completamente, totalmente – 8 **bastar** ser suficiente – 9 **el fogaje** *AmS* fuego, pasión sexual – 12 **una esquela** carta breve que envía up a otra – 14 **en vano** sin obtener resultado, inútilmente – 15 **sesgado** quieto, pacífico – 17 **falta** carencia de uc – 17 **la cortesía** comportamiento amable y respetuoso para con los demás – 22 **recíproco** que se corresponde uno a otro, mutuo (gegenseitig) – 23 **la brasa** *fig* leña o carbón encendidos – 23 **el rencor** ≠ afecto, simpatía – 24 **revolverse las tripas** *coloq* producir nauseas, dar asco

escribiendo cartas sin porvenir hasta la madrugada. Se volvió lúcida, imperiosa, maestra de su albedrío, y volvió a ser virgen sólo para él, y no reconoció otra autoridad que la suya ni más servidumbre que la de su obsesión.

Escribió una carta semanal durante media vida. «A veces no se me ocurría qué decir —me dijo muerta de risa—, pero me bastaba con saber que él las estaba recibiendo.» Al principio fueron esquelas de compromiso, después fueron papelitos de amante furtiva, billetes perfumados de novia fugaz, memoriales de negocios, documentos de amor, y por último fueron las cartas indignas de una esposa abandonada que se inventaba enfermedades crueles para obligarlo a volver. Una noche de buen humor se le derramó el tintero sobre la carta terminada, y en vez de romperla le agregó una posdata: «En prueba de mi amor te envío mis lágrimas.» En ocasiones, cansada de llorar, se burlaba de su propia locura. Seis veces cambiaron la empleada del correo, y seis veces consiguió su complicidad. Lo único que no se le ocurrió fue renunciar. Sin embargo, él parecía insensible a su delirio: era como escribirle a nadie.

Una madrugada de vientos, por el año décimo, la despertó la certidumbre de que él estaba desnudo en su cama. Le escribió entonces una carta febril de veinte pliegos en la que soltó sin pudor las verdades amargas que llevaba podridas en el corazón desde su noche funesta. Le habló de las lacras eternas que él había dejado en su cuerpo, de la sal de su lengua, de la trilla de fuego de su verga africana. Se la entregó a la empleada

2 **lúcido** up que piensa y se expresa con precisión y claridad – 2 **imperioso** up que se impone y obliga – 4 **la servidumbre** *aquí:* obligación sin excusa de hacer uc – 10 **un memorial** escrito en el que se pide por uc o up – 13 **derramar** verter, echar encima – 13 **un tintero** recipiente que contiene la tinta para escribir – 15 **en ocasiones** a veces, de vez en cuando – 16 **la locura** ≠ lucidez, prudencia – 18 **la complicidad** cooperación de up en uc secreta – 18 **renunciar** abandonar voluntariamente una actividad – 19 **insensible** desinteresado, duro, frío – 23 **febril** uc hecha con intensidad, ansiosamente – 23 **un pliego** hoja de papel – 24 **amargo** ≠ dulce – 25 **una lacra** marca que deja en up un daño físico – 27 **trilla de fuego** *fig* tener relaciones sexuales muy dolorosas, trilla es dejar a up dañada – 27 **una verga** *vulg* pene

del correo, que iba los viernes en la tarde a bordar con ella para llevarse las cartas, y se quedó convencida de que aquel desahogo terminal sería el último de su agonía. Pero no hubo respuesta. A partir de entonces ya no era consciente de lo que escribía, ni a quién le escribía a ciencia cierta, pero siguió escribiendo sin cuartel durante diecisiete años.

Un mediodía de agosto, mientras bordaba con sus amigas, sintió que alguien llegaba a la puerta. No tuvo que mirar para saber quién era. «Estaba gordo y se le empezaba a caer el pelo, y ya necesitaba espejuelos para ver de cerca —me dijo—. ¡Pero era él, carajo, era él!» Se asustó, porque sabía que él la estaba viendo tan disminuida como ella lo estaba viendo a él, y no creía que tuviera dentro tanto amor como ella para soportarlo. Tenía la camisa empapada de sudor, como la había visto la primera vez en la feria, y llevaba la misma correa y las mismas alforjas de cuero descosido con adornos de plata. Bayardo San Román dio un paso adelante, sin ocuparse de las otras bordadoras atónitas, y puso las alforjas en la máquina de coser.

—Bueno —dijo—, aquí estoy.

Llevaba la maleta de la ropa para quedarse, y otra maleta igual con casi dos mil cartas que ella le había escrito. Estaban ordenadas por sus fechas, en paquetes cosidos con cintas de colores, y todas sin abrir.

3 **el desahogo** liberarse de un sentimiento, una emoción, un dolor – 3 **una agonía** dolor muy intenso – 4 **a partir de** desde ese momento – 5 **a ciencia cierta** cuando uc se sabe con plena seguridad – 6 **sin cuartel** sin descanso – 12 **disminuido** up que ha perdido fuerza y que se siente reducida en su personalidad – 16 **descosido** prenda cuyas puntadas se han desprendido (aufgetrennt) – 18 **atónito** pasmado, sorprendido

Durante años no pudimos hablar de otra cosa. Nuestra conducta diaria, dominada hasta entonces por tantos hábitos lineales, había empezado a girar de golpe en torno de una misma ansiedad común. Nos sorprendían los gallos del amanecer tratando de ordenar las numerosas casualidades encadenadas que habían hecho posible el absurdo, y era evidente que no lo hacíamos por un anhelo de esclarecer misterios, sino porque ninguno de nosotros podía seguir viviendo sin saber con exactitud cuál era el sitio y la misión que le había asignado la fatalidad.

Muchos se quedaron sin saberlo. Cristo Bedoya, que llegó a ser un cirujano notable, no pudo explicarse nunca por qué cedió al impulso de esperar dos horas donde sus abuelos hasta que llegara el obispo, en vez de irse a descansar en la casa de sus padres, que lo estuvieron esperando hasta el amanecer para alertarlo. Pero la mayoría de quienes pudieron hacer algo por impedir el crimen y sin embargo no lo hicieron, se consolaron con el pretexto de que los asuntos de honor son estancos sagrados a los cuales sólo tienen acceso los dueños del drama. «La honra es el amor», le oía decir a mi madre. Hortensia Baute, cuya única participación fue haber visto ensangrentados dos cuchillos que todavía no lo estaban, se sintió tan afectada por la alucinación que cayó en una crisis de penitencia, y un día no pudo soportarla más y se echó desnuda a las calles. Flora Miguel, la novia de Santiago Nasar, se fugó por despecho con un teniente de fronteras que la prostituyó entre los caucheros

2 **un hábito** actividad que se repite constantemente y se convierte en una costumbre – 3 **lineal** constante, que se desarrolla en una sola dirección – 6 **encadenado** uc que está unida intimamente con otra u otras – 7 **un anhelo** deseo profundo – 10 **asignar** determinar uc que up debe hacer – 10 **la fatalidad** desgracia, desdicha – 12 **notable** up que realiza uc de manera extraodinaria – 16 **alertar** avisar a up acerca de uc para que la pueda enfrentar – 18 **un estanco** una parte de muchas en que se ha dividido un espacio – 19 **un acceso** entrada o paso – 22 **afectado** consternado (betroffen) – 23 **una penitencia** dolor y arrepentimiento por una acción cometida – 25 **el despecho** resentimiento originado por una ofensa o algún daño cometido por up querida – 26 **el teniente** oficial subalterno en el ejército (Leutenant) – 26 **la frontera** línea que separa a un país de otro, o a un estado de otro – 26 **un cauchero** up que trabaja el caucho (Kautschuk)

de Vichada. Aura Villeros, la comadrona que había ayudado a nacer a tres generaciones, sufrió un espasmo de la vejiga cuando conoció la noticia, y hasta el día de su muerte necesitó una sonda para orinar. Don Rogelio de la Flor, el buen marido de Clotilde Armenta, que era un prodigio de vitalidad a los 86 años, se levantó por última vez para ver cómo desguazaban a Santiago Nasar contra la puerta cerrada de su propia casa, y no sobrevivió a la conmoción. Plácida Linero había cerrado esa puerta en el último instante pero se libero a tiempo de la culpa. «La cerré porque Divina Flor me juró que había visto entrar a mi hijo —me contó—, y no era cierto.» Por el contrario, nunca se perdonó el haber confundido el augurio magnífico de los árboles con el infausto de los pájaros, y sucumbió a la perniciosa costumbre de su tiempo de masticar semillas de cardamina.

Doce días después del crimen, el instructor del sumario se encontró con un pueblo en carne viva. En la sórdida oficina de tablas del Palacio Municipal, bebiendo café de olla con ron de caña contra los espejismos del calor, tuvo que pedir tropas de refuerzo para encauzar a la muchedumbre que se precipitaba a declarar sin ser llamada, ansiosa de exhibir su propia importancia en el drama. Acababa de graduarse, y llevaba todavía el vestido de paño negro de la Escuela de Leyes, y el anillo de oro con el emblema de su promoción, y las ínfulas y el

1 **Vichada** departamento localizado en la región oriental de Colombia – 2 **un espasmo** contracción involuntaria de un músculo – 2 **la vejiga** bolsa muscular que acumula la orina en el hombre y en los animales – 4 **una sonda** tubo delgado que se introduce en una persona para extraer líquidos, administrar alimento o explorar una cavidad – 5 **un prodigio** situación extraodinaria de up o uc – 6 **desguazar** deshacer uc – 8 **la conmoción** perturbación, intranquilidad del ánimo – 12 **magnífico** espléndido, grandioso – 13 **infausto** desdichado, infeliz – 13 **sucumbir** up que se deja vencer por uc, rendirse – 14 **pernicioso** ≠ bueno, beneficioso – 17 **en carne viva** *fig coloq* una herida abierta, con mucho dolor – 17 **sórdido** sucio, pobre – 17 **la oficina de tablas** *AmS* inspección de policía – 18 **el Palacio Municipal** sede del gobierno de un municipio (Rathaus) – 20 **un refuerzo** grupo de personas que acuden a ayudar a otras en un suceso – 20 **encauzar** dirigir, encaminar – 20 **precipitar** hacer uc de manera rápida o acelerada – 24 **la promoción** grupo de personas que reciben al mismo tiempo un título, grado o empleo

lirismo del primíparo feliz. Pero nunca supe su nombre. Todo lo que sabemos de su carácter es aprendido en el sumario, que numerosas personas me ayudaron a buscar veinte años después del crimen en el Palacio de Justicia de Riohacha. No existía clasificación alguna en los archivos, y más de un siglo de expedientes estaban amontonados en el suelo del decrépito edificio colonial que fuera por dos días el cuartel general de Francis Drake. La planta baja se inundaba con el mar de leva, y los volúmenes descosidos flotaban en las oficinas desiertas. Yo mismo exploré muchas veces con las aguas hasta los tobillos aquel estanque de causas perdidas, y sólo una casualidad me permitió rescatar al cabo de cinco años de búsqueda unos 322 pliegos salteados de los más de 500 que debió de tener el sumario.

El nombre del juez no apareció en ninguno, pero es evidente que era un hombre abrasado por la fiebre de la literatura. Sin duda había leído a los clásicos españoles, y algunos latinos, y conocía muy bien a Nietzsche, que era el autor de moda entre los magistrados de su tiempo. Las notas marginales, y no sólo por el color de la tinta, parecían escritas con sangre. Estaba tan perplejo con el enigma que le había tocado en suerte, que muchas veces incurrió en distracciones líricas contrarias al rigor de su ciencia. Sobre todo, nunca le pareció legítimo que la vida se sirviera de tantas casualidades prohibidas a la literatura, para que se cumpliera sin tropiezos una muerte tan anunciada.

1 **el lirismo** uso indebido del género de la poesia en otras materias – 1 **primíparo** *fig* primípara, mujer que pare (→parir) por primera vez, *aquí:* principiante, up que hace algo por primera vez – 4 **el Palacio de Justicia** edificio público desde donde se aplican las leyes en los juicios civiles o criminales, y se hacen cumplir sentencias – 6 **un expediente** conjunto de documentos correspondientes a un asunto en especial – 6 **decrépito** ≠ nuevo – 8 **Francis Drake** corsario inglés, explorador, comerciante de esclavos, político y vicealmirante de la Marina Real Británica (1543-1596) – 8 **inundar** líquido que cubre una superficie o un lugar – 8 **el mar de leva** es el movimiento de las olas que crece fuera del lugar donde se originó y llega muy lejos de ahí – 10 **el tobillo** parte baja y delgada de la pierna donde se une con el pie (Knöchel) – 11 **un estanque** deposito de agua usado para criar peces, adornar o nadar – 13 **salteado** hacer uc de manera desordenada – 22 **incurrir** cometer una falta o un error

Sin embargo, lo que más le había alarmado al final de su diligencia excesiva fue no haber encontrado un solo indicio, ni siquiera el menos verosímil, de que Santiago Nasar hubiera sido en realidad el causante del agravio. Las amigas de Ángela Vicario que habían sido sus cómplices en el engaño siguieron contando durante mucho tiempo que ella las había hecho partícipes de su secreto desde antes de la boda, pero no les había revelado ningún nombre. En el sumario declararon: «Nos dijo el milagro pero no el santo.» Ángela Vicario, por su parte, se mantuvo en su sitio. Cuando el juez instructor le preguntó con su estilo lateral si sabía quién era el difunto Santiago Nasar, ella le contestó impasible:

—Fue mi autor.

Así consta en el sumario, pero sin ninguna otra precisión de modo ni de lugar. Durante el juicio, que sólo duró tres días, el representante de la parte civil puso su mayor empeño en la debilidad de ese cargo. Era tal la perplejidad del juez instructor ante la falta de pruebas contra Santiago Nasar, que su buena labor parece por momentos desvirtuada por la desilusión. En el folio 416, de su puño y letra y con la tinta roja del boticario, escribió una nota marginal: *Dadme un prejuicio y moveré el mundo.* Debajo de esa paráfrasis de desaliento, con un trazo feliz de la misma tinta de sangre, dibujó un corazón atravesado por una flecha. Para él, como para los amigos más cercanos

3 **verosímil** uc que parece cierta – 4 **un agravio** ofensa, humillación, daño – 5 **un engaño** ≠ verdad, sinceridad – 9 **un milagro** hecho fuera de lo normal atribuido a una intervención sobrenatural – 11 **lateral** ≠ directo – 11 **un difunto** up que ha muerto – 12 **impasible** imperturbable, sereno, indiferente (gefühllos) – 13 **un autor** *aquí:* up que hace uc – 16 **el representante** up que está en lugar de otra y puede decidir o hablar en su nombre – 16 **la parte civil** punto correspondiente a los intereses privados de los ciudadanos – 16 **el empeño** cuidado e interés con que up hace uc – 17 **la debilidad** ≠ fortaleza – 17 **un cargo** delito por el que se le acusa a up – 17 **la perplejidad** desconcierto de up ante una situación inesperada – 19 **desvirtuar** corromper, deformar – 19 **la desilusión** decepción de up cuando las cosas no salen como las había esperado – 20 **un folio** hoja de un libro o un cuaderno, generalmente numerada – 21 **un prejuicio** opinión o idea, generalmente negativa, que up se ha formado acerca de uc o up antes de conocerla – 22 **una paráfrasis** interpretación de un texto para aclarar su significado – 22 **un trazo** línea hecha para dibujar uc

de Santiago Nasar, el propio comportamiento de éste en las últimas horas fue una prueba terminante de su inocencia.

La mañana de su muerte, en efecto, Santiago Nasar no había tenido un instante de duda, a pesar de que sabía muy bien cuál hubiera sido el precio de la injuria que le imputaban. Conocía la índole mojigata de su mundo, y debía saber que la naturaleza simple de los gemelos no era capaz de resistir al escarnio. Nadie conocía muy bien a Bayardo San Román, pero Santiago Nasar lo conocía bastante para saber que debajo de sus ínfulas mundanas estaba tan subordinado como cualquier otro a sus prejuicios de origen. De manera que su despreocupación consciente hubiera sido suicida. Además, cuando supo por fin en el último instante que los hermanos Vicario lo estaban esperando para matarlo, su reacción no fue de pánico, como tanto se ha dicho, sino que fue más bien el desconcierto de la inocencia.

Mi impresión personal es que murió sin entender su muerte. Después de que le prometió a mi hermana Margot que iría a desayunar a nuestra casa, Cristo Bedoya se lo llevó del brazo por el muelle, y ambos parecían tan desprevenidos que suscitaron ilusiones falsas. «Iban tan contentos —me dijo Meme Loaiza—, que le di gracias a Dios, porque pensé que el asunto se había arreglado.» No todos querían tanto a Santiago Nasar, por supuesto. Polo Carrillo, el dueño de la planta eléctrica, pensaba que su serenidad no era inocencia sino cinismo. «Creía que su plata lo hacía intocable», me dijo.

2 **la inocencia** ≠ culpabilidad – 5 **imputar** señalar a up como responsable de un crimen o un acto dañino – 6 **mojigato** de moralidad exagerada, estrecha y temerosa – 7 **el escarnio** burla excesiva que pretende humillar y ofender – 10 **mundano** frívolo, vano, superficial – 10 **subordinar** someter, depender (unterordnen) – 11 **la despreocupación** tranquilidad, relajamiento – 12 **consciente** actuar de manera seria y responsable con pleno conocimiento de lo que se hace – 12 **suicida** up que arriesga la vida haciendo uc muy peligrosa – 15 **el desconcierto** perplejidad, confusión ante una situación inesperada – 18 **prometer** asegurar up que va a realizar uc determinada – 20 **desprevenido** no estar listo, no estar preparado para uc – 21 **suscitar** originar, ocasionar, producir – 25 **la serenidad** calma, tranquilidad, quietud – 26 **intocable** *aquí:* up que se siente más que los demás por su riqueza material

Fausta López, su mujer, comentó: «Como todos los turcos.» Indalecio Pardo acababa de pasar por la tienda de Clotilde Armenta, y los gemelos le habían dicho que tan pronto como se fuera el obispo matarían a Santiago Nasar. Pensó, como tantos otros, que eran fantasías de amanecidos, pero Clotilde Armenta le hizo ver que era cierto, y le pidió que alcanzara a Santiago Nasar para prevenirlo.

—Ni te molestes —le dijo Pedro Vicario—: de todos modos es como si ya estuviera muerto.

Era un desafío demasiado evidente. Los gemelos conocían los vínculos de Indalecio Pardo y Santiago Nasar, y debieron pensar que era la persona adecuada para impedir el crimen sin que ellos quedaran en vergüenza. Pero Indalecio Pardo encontró a Santiago Nasar llevado del brazo por Cristo Bedoya entre los grupos que abandonaban el puerto, y no se atrevió a prevenirlo. «Se me aflojó la pasta», me dijo. Le dio una palmada en el hombro a cada uno, y los dejó seguir. Ellos apenas lo advirtieron, pues continuaban abismados en las cuentas de la boda.

La gente se dispersaba hacia la plaza en el mismo sentido que ellos. Era una multitud apretada, pero Escolástica Cisneros creyó observar que los dos amigos caminaban en el centro sin dificultad, dentro de un círculo vacío, porque la gente sabía que Santiago Nasar iba a morir, y no se atrevían a tocarlo. También Cristo Bedoya recordaba una actitud distinta hacia ellos. «Nos miraban como si lleváramos la cara pintada», me dijo. Más aún: Sara Noriega abrió su tienda de zapatos en el momento en que ellos pasaban, y se espantó con la palidez de Santiago Nasar. Pero él la tranquilizó.

10 **evidente** obvio, claro – 12 **adecuado** correcto, apropiado, conveniente – 16 **se me aflojó la pasta** *fig* acobardarse, no atreverse – 18 **abismado** concentrado, ensimismado, sumido (sich vertiefen in) – 21 **una multitud** muchedumbre, grupo grande de personas o cosas – 21 **apretar** personas que se encuentran muy pegadas unas de otras en un espacio – 28 **espantarse** sentir miedo por una causa específica – 29 **tranquilizar** ≠ preocupar

—¡Imagínese, niña Sara —le dijo sin detenerse—, con este guayabo!

Celeste Dangond estaba sentado en piyama en la puerta de su casa, burlándose de los que se quedaron vestidos para saludar al obispo, e invitó a Santiago Nasar a tomar café. «Fue para ganar tiempo mientras pensaba», me dijo. Pero Santiago Nasar le contestó que iba deprisa a cambiarse de ropa para desayunar con mi hermana. «Me hice bolas —me explicó Celeste Dangond— pues de pronto me pareció que no podían matarlo si estaba tan seguro de lo que iba a hacer.» Yamil Shaium fue el único que hizo lo que se había propuesto. Tan pronto como conoció el rumor salió a la puerta de su tienda de géneros y esperó a Santiago Nasar para prevenirlo. Era uno de los últimos árabes que llegaron con Ibrahim Nasar, fue su socio de barajas hasta la muerte, y seguía siendo el consejero hereditario de la familia. Nadie tenía tanta autoridad como él para hablar con Santiago Nasar. Sin embargo, pensaba que si el rumor era infundado le iba a causar una alarma inútil, y prefirió consultarlo primero con Cristo Bedoya por si éste estaba mejor informado. Lo llamó al pasar. Cristo Bedoya le dio una palmadita en la espalda a Santiago Nasar, ya en la esquina de la plaza, y acudió al llamado de Yamil Shaium.

—Hasta el sábado —le dijo.

Santiago Nasar no le contestó, sino que se dirigió en árabe a Yamil Shaium y éste le replicó también en árabe, torciéndose de risa. «Era un juego de palabras con que nos divertíamos siempre», me dijo Yamil Shaium. Sin detenerse, Santiago Nasar les hizo a ambos su señal de adiós con la mano y dobló la esquina de la plaza. Fue la última vez que lo vieron.

2 **el guayabo** *AmS coloq* cruda – 8 **hacerse bolas** *Am coloq* confundirse, equivocarse – 12 **una tienda de géneros** *AmS* lugar donde venden telas y tejidos – 15 **un socio** *Am coloq* amigo, colega, cómplice – 15 **un consejero** up que ofrece su opinión para guiar a otra u otras acerca de como actuar en determinados casos – 16 **hereditario** *aquí:* costumbre que pasa de una generación a otra – 18 **infundado** irreal, injustificado – 22 **acudir** cuando up va a un lugar donde ha sido llamada – 25 **torcerse** *aquí:* doblarse

Cristo Bedoya tuvo tiempo apenas de escuchar la información de Yamil Shaium cuando salió corriendo de la tienda para alcanzar a Santiago Nasar. Lo había visto doblar la esquina, pero no lo encontró entre los grupos que empezaban a dispersarse en la plaza. Varias personas a quienes les preguntó por él le dieron la misma respuesta:

—Acabo de verlo contigo.

Le pareció imposible que hubiera llegado a su casa en tan poco tiempo, pero de todos modos entró a preguntar por él, pues encontró sin tranca y entreabierta la puerta del frente. Entró sin ver el papel en el suelo, y atravesó la sala en penumbra tratando de no hacer ruido, porque aún era demasiado temprano para visitas, pero los perros se alborotaron en el fondo de la casa y salieron a su encuentro. Los calmó con las llaves, como lo había aprendido del dueño, y siguió acosado por ellos hasta la cocina. En el corredor se cruzó con Divina Flor que llevaba un cubo de agua y un trapero para pulir los pisos de la sala. Ella le aseguró que Santiago Nasar no había vuelto. Victoria Guzmán acababa de poner en el fogón el guiso de conejos cuando él entró en la cocina. Ella comprendió de inmediato. «El corazón se le estaba saliendo por la boca», me dijo. Cristo Bedoya le preguntó si Santiago Nasar estaba en casa, y ella le contestó con un candor fingido que aún no había llegado a dormir.

—Es en serio —le dijo Cristo Bedoya—, lo están buscando para matarlo.

A Victoria Guzmán se le olvidó el candor.

—Esos pobres muchachos no matan a nadie —dijo.

—Están bebiendo desde el sábado —dijo Cristo Bedoya.

—Por lo mismo —replicó ella—: no hay borracho que se coma su propia caca.

17 **un cubo** recipiente más ancho en la boca que en el fondo, usado principalmente para transportar líquidos – 17 **un trapero** *AmS* trapo atado a un palo, usado para limpiar el suelo – 17 **pulir** tallar una superficie para darle brillo – 21 **el corazón se le estaba saliendo por la boca** *fig coloq* estar asustado o nervioso – 23 **el candor** pureza, inociencia, sencillez – 31 **la caca** excremento humano

Cristo Bedoya volvió a la sala, donde Divina Flor acababa de abrir las ventanas. «Por supuesto que no estaba lloviendo —me dijo Cristo Bedoya—. Apenas iban a ser las siete, y ya entraba un sol dorado por las ventanas.» Le volvió a preguntar a Divina Flor si estaba segura de que Santiago Nasar no había entrado por la puerta de la sala. Ella no estuvo entonces tan segura como la primera vez. Le preguntó por Plácida Linero, y ella le contestó que hacía un momento le había puesto el café en la mesa de noche, pero no la había despertado. Así era siempre: despertaría a las siete, se tomaría el café, y bajaría a dar las instrucciones para el almuerzo. Cristo Bedoya miró el reloj: eran las 6.56. Entonces subió al segundo piso para convencerse de que Santiago Nasar no había entrado.

La puerta del dormitorio estaba cerrada por dentro, porque Santiago Nasar había salido a través del dormitorio de su madre. Cristo Bedoya no solo conocía la casa tan bien como la suya, sino que tenía tanta confianza con la familia que empujó la puerta del dormitorio de Plácida Linero para pasar desde allí al dormitorio contiguo. Un haz de sol polvoriento entraba por la claraboya, y la hermosa mujer dormida en la hamaca, de costado, con la mano de novia en la mejilla, tenía un aspecto irreal. «Fue como una aparición», me dijo Cristo Bedoya. La contempló un instante, fascinado por su belleza, y luego atravesó el dormitorio en silencio, pasó de largo frente al baño, y entró en el dormitorio de Santiago Nasar. La cama seguía intacta, y en el sillón estaba el sombrero de jinete, y en el suelo estaban las botas junto a las espuelas. En la mesa de noche el reloj de pulsera de Santiago Nasar marcaba las 6.58. «De pronto pensé que había vuelto a salir armado», me dijo Cristo Bedoya. Pero encontró la magnum en la gaveta de la mesa de noche. «Nunca había disparado un arma —me dijo

4 **dorado** uc que tiene el color del oro – 17 **la confianza** *aquí:* cercanía y sinceridad con que se tratan las personas – 19 **un haz** conjunto de rayos de luz que proviene de un mismo origen – 19 **polvoriento** uc cosa que está cubierta por partículas muy pequeñas de tierra – 22 **la aparición** visión o presencia de un ser sobrenatural – 27 **una espuela** Sporn

Cristo Bedoya—, pero resolví coger el revólver para llevárselo a Santiago Nasar.» Se lo ajustó en el cinturón, por dentro de la camisa, y sólo después del crimen se dio cuenta de que estaba descargado. Plácida Linero apareció en la puerta con el pocillo de café en el momento en que él cerraba la gaveta.

—¡Santo Dios —exclamó ella—, qué susto me has dado!

Cristo Bedoya también se asustó. La vio a plena luz, con una bata de alondras doradas y el cabello revuelto, y el encanto se había desvanecido. Explicó un poco confuso que había entrado a buscar a Santiago Nasar.

—Se fue a recibir al obispo —dijo Plácida Linero.

—Pasó de largo —dijo él.

—Lo suponía —dijo ella—. Es el hijo de la peor madre.

No siguió, porque en ese momento se dio cuenta de que Cristo Bedoya no sabía dónde poner el cuerpo. «Espero que Dios me haya perdonado —me dijo Plácida Linero—, pero lo vi tan confundido que de pronto se me ocurrió que había entrado a robar.» Le preguntó qué le pasaba. Cristo Bedoya era consciente de estar en una situación sospechosa, pero no tuvo valor para revelarle la verdad.

—Es que no he dormido ni un minuto —le dijo.

Se fue sin más explicaciones. «De todos modos —me dijo— ella siempre se imaginaba que le estaban robando.» En la plaza se encontró con el padre Amador que regresaba a la iglesia con los ornamentos de la misa frustrada, pero no le pareció que pudiera hacer por Santiago Nasar nada distinto de salvarle el alma. Iba otra vez hacia el puerto cuando sintió que lo llamaban desde la tienda de Clotilde Armenta. Pedro Vicario estaba en la puerta, lívido y desgreñado, con la camisa abierta

2 **ajustar** colocar uc en otra – 4 **descargado** *aquí:* arma a la que se le ha sacado la cantidad de pólvora u otra sustancia explosiva que necesita para funcionar – 4 **un pocillo** *Am* taza pequeña – 8 **una alondra** pájaro generalmente rayado, café o pardo. Se caracteríza por su voz melodiosa y porque le gusta cantar en un punto alto de su vuelo (Lerche) – 19 **sospechoso** situación anormal que causa *recelo* (Mißtrauen) – 25 **un ornamento** uc que sirve para embellecer un lugar, up o uc – 25 **frustrado** uc que no se pudo realizar – 29 **desgreñado** con el cabello en desorden

y las mangas enrolladas hasta los codos, y con el cuchillo basto que él mismo había fabricado con una hoja de segueta. Su actitud era demasiado insolente para ser casual, y sin embargo no fue la única ni la más visible que intentó en los últimos minutos para que le impidieran cometer el crimen.

—Cristóbal —gritó—: dile a Santiago Nasar que aquí lo estamos esperando para matarlo.

Cristo Bedoya le habría hecho el favor de impedírselo. «Si yo hubiera sabido disparar un revólver, Santiago Nasar estaría vivo», me dijo. Pero la sola idea lo impresionó, después de todo lo que había oído decir sobre la potencia devastadora de una bala blindada.

—Te advierto que está armado con una magnum capaz de atravesar un motor —gritó.

Pedro Vicario sabía que no era cierto. «Nunca estaba armado si no llevaba ropa de montar», me dijo. Pero de todos modos había previsto que lo estuviera cuando tomó la decisión de lavar la honra de la hermana.

—Los muertos no disparan —gritó.

Pablo Vicario apareció entonces en la puerta. Estaba tan pálido como el hermano, y tenía puesta la chaqueta de la boda y el cuchillo envuelto en el periódico. «Si no hubiera sido por eso —me dijo Cristo Bedoya—, nunca hubiera sabido cuál de los dos era cuál.» Clotilde Armenta apareció detrás de Pablo Vicario, y le gritó a Cristo Bedoya que se diera prisa, porque en este pueblo de maricas sólo un hombre como él podía impedir la tragedia.

Todo lo que ocurrió a partir de entonces fue del dominio público. La gente que regresaba del puerto, alertada por los gritos, empezó a tomar posiciones en la plaza para presenciar el crimen. Cristo Bedoya les preguntó a varios conocidos por Santiago Nasar, pero nadie lo había visto. En la puerta del Club

1 **el codo** Ellenbogen – 3 **insolente** atrevido, desafiante, descarado – 11 **la potencia** fuerza, poder – 11 **devastador** destruir uc por completo – 28 **ser del dominio público** uc que es sabida por todos – 30 **presenciar** observar un hecho o acontecimiento

Social se encontró con el coronel Lázaro Aponte y le contó lo que acababa de ocurrir frente a la tienda de Clotilde Armenta.

—No puede ser —dijo el coronel Aponte, porque yo los mandé a dormir.

—Acabo de verlos con un cuchillo de matar puercos —dijo Cristo Bedoya.

—No puede ser, porque yo se los quité antes de mandarlos a dormir —dijo el alcalde—. Debe ser que los viste antes de eso.

—Los vi hace dos minutos y cada uno tenía un cuchillo de matar puercos —dijo Cristo Bedoya.

—¡Ah carajo —dijo el alcalde—, entonces debió ser que volvieron con otros!

Prometió ocuparse de eso al instante, pero entró en el Club Social a confirmar una cita de dominó para esa noche, y cuando volvió a salir ya estaba consumado el crimen. Cristo Bedoya cometió entonces su único error mortal: pensó que Santiago Nasar había resuelto a última hora desayunar en nuestra casa antes de cambiarse de ropa, y allá se fue a buscarlo. Se apresuró por la orilla del río, preguntándole a todo el que encontraba si lo habían visto pasar, pero nadie le dio razón. No se alarmó, porque había otros caminos para nuestra casa. Próspera Arango, la cachaca, le suplicó que hiciera algo por su padre que estaba agonizando en el sardinel de su casa, inmune a la bendición fugaz del obispo. «Yo lo había visto al pasar —me dijo mi hermana Margot—, y ya tenía cara de muerto.» Cristo Bedoya demoró cuatro minutos en establecer el estado del enfermo, y prometió volver más tarde para un recurso de urgencia, pero perdió tres minutos más ayudando a Próspera Arango a llevarlo hasta el dormitorio. Cuando volvió a salir sintió gritos remotos y le pareció que estaban reventando cohetes por el rumbo de la plaza. Trató de correr, pero se lo

16 **cometer** caer en un acto equivocado o una falta – 17 **resolver** decidir – 17 **desayunar** tomar el primer alimento del día – 20 **dar razón** informar acerca de uc o up – 21 **alarmarse** inquietarse, sobresaltarse, angustiarse – 22 **un(a) cachaco, -a** *Col* up proveniente de las ciudades andinas – 22 **suplicar** pedir algo con humildad e insistencia – 23 **un sardinel** *escalón* (Stufe) de entrada a una casa – 24 **inmune** up que es resistente a la influencia de uc

impidió el revólver mal ajustado en la cintura. Al doblar la última esquina reconoció de espaldas a mi madre que llevaba casi a rastras al hijo menor.

—Luisa Santiaga —le gritó—: dónde está su ahijado.

Mi madre se volvió apenas con la cara bañada en lágrimas.

—¡Ay, hijo —contestó—, dicen que lo mataron!

Así era. Mientras Cristo Bedoya lo buscaba, Santiago Nasar había entrado en la casa de Flora Miguel, su novia, justo a la vuelta de la esquina donde él lo vio por última vez. «No se me ocurrió que estuviera ahí —me dijo— porque esa gente no se levantaba nunca antes de mediodía.» Era una versión corriente que la familia entera dormía hasta las doce por orden de Nahir Miguel, el varón sabio de la comunidad. «Por eso Flora Miguel, que ya no se cocinaba en dos aguas, se mantenía como una rosa», dice Mercedes. La verdad es que dejaban la casa cerrada hasta muy tarde, como tantas otras, pero eran gentes tempraneras y laboriosas. Los padres de Santiago Nasar y Flora Miguel se habían puesto de acuerdo para casarlos. Santiago Nasar aceptó el compromiso en plena adolescencia, y estaba resuelto a cumplirlo, tal vez porque tenía del matrimonio la misma concepción utilitaria que su padre. Flora Miguel, por su parte, gozaba de una cierta condición floral, pero carecía de gracia y de juicio y había servido de madrina de bodas a toda su generación, de modo que el convenio fue para ella una solución providencial. Tenían un noviazgo fácil, sin visitas formales ni inquietudes del corazón. La boda varias veces diferida estaba fijada por fin para la próxima Navidad.

3 **a rastras** *loc adv* mover o jalar a up o uc sin levantarla del suelo – 4 **el ahijado** up con respecto a sus *padrinos* (Paten) – 5 **bañado en** cubierto por – 11 **corriente** conocido por todos – 13 **el varón sabio** hombre con la capacidad de pensar y considerar detenidamente lo positivo y negativo que se puede encontrar en diferentes situaciones – 14 **cocinarse en dos aguas** *Am coloq* cuando up ya no es tan joven – 17 **tempranero** up que se levanta muy de mañana – 22 **gozar** *aquí:* tener una buena situación moral o física – 22 **carecer** necesitar uc, hacer falta uc – 24 **un convenio** acuerdo entre dos o más personas que aceptan ciertas condiciones – 27 **diferir** dejar uc para después, retrasar – 27 **fijar** determinar o establecer uc de manera definitiva

Flora Miguel despertó aquel lunes con los primeros bramidos del buque del obispo, y muy poco después se enteró de que los gemelos Vicario estaban esperando a Santiago Nasar para matarlo. A mi hermana la monja, la única que habló con ella después de la desgracia, le dijo que no recordaba siquiera quién se lo había dicho. «Sólo sé que a las seis de la mañana todo el mundo lo sabía», le dijo. Sin embargo, le pareció inconcebible que a Santiago Nasar lo fueran a matar, y en cambio se le ocurrió que lo iban a casar a la fuerza con Ángela Vicario para que le devolviera la honra. Sufrió una crisis de humillación. Mientras medio pueblo esperaba al obispo, ella estaba en su dormitorio llorando de rabia, y poniendo en orden el cofre de las cartas que Santiago Nasar le había mandado desde el colegio.

Siempre que pasaba por la casa de Flora Miguel, aunque no hubiera nadie, Santiago Nasar raspaba con las llaves la tela metálica de las ventanas. Aquel lunes, ella lo estaba esperando con el cofre de cartas en el regazo. Santiago Nasar no podía verla desde la calle, pero en cambio ella lo vio acercarse a través de la red metálica desde antes de que la raspara con las llaves.

—Entra —le dijo.

Nadie, ni siquiera un médico, había entrado en esa casa a las 6.45 de la mañana. Santiago Nasar acababa de dejar a Cristo Bedoya en la tienda de Yamil Shaium, y había tanta gente pendiente de él en la plaza, que no era comprensible que nadie lo viera entrar en casa de su novia. El juez instructor buscó siquiera una persona que lo hubiera visto, y lo hizo con tanta persistencia como yo, pero no fue posible encontrarla. En el folio 382 del sumario escribió otra sentencia marginal con tinta roja: *La fatalidad nos hace invisibles.* El hecho es que Santiago Nasar entró por la puerta principal, a la vista de todos,

7 **inconcebible** uc que no se puede comprender, inaudito – 12 **un cofre** caja parecida a un baúl donde se guardan objetos de valor – 16 **raspar** frotar uc con un objeto cortante o punzante para quitar alguna parte de la superficie – 20 **una red** *aquí:* malla tejida con alambres usada para separar espacios – 26 **(estar) pendiente de** poner atención en uc o en up

y sin hacer nada por no ser visto. Flora Miguel lo esperaba en la sala, verde de cólera, con uno de los vestidos de arandelas infortunadas que solía llevar en las ocasiones memorables, y le puso el cofre en las manos.

—Aquí tienes —le dijo—. ¡Y ojalá te maten!

Santiago Nasar quedó tan perplejo, que el cofre se le cayó de las manos, y sus cartas sin amor se regaron por el suelo. Trató de alcanzar a Flora Miguel en el dormitorio, pero ella cerró la puerta y puso la aldaba. Tocó varias veces, y la llamó con una voz demasiado apremiante para la hora, así que toda la familia acudió alarmada. Entre consanguíneos y políticos, mayores y menores de edad, eran más de catorce. El último que salió fue Nahir Miguel, el padre, con la barba colorada y la chilaba de beduino que trajo de su tierra, y que siempre usó dentro de la casa. Yo lo vi muchas veces, y era inmenso y parsimonioso, pero lo que más me impresionaba era el fulgor de su autoridad.

—Flora —llamó en su lengua—. Abre la puerta.

Entró en el dormitorio de la hija, mientras la familia contemplaba absorta a Santiago Nasar. Estaba arrodillado en la sala, recogiendo las cartas del suelo y poniéndolas en el cofre. «Parecía una penitencia», me dijeron. Nahir Miguel salió del dormitorio al cabo de unos minutos, hizo una señal con la mano y la familia entera desapareció.

Siguió hablando en árabe a Santiago Nasar. «Desde el primer momento comprendí que no tenía la menor idea de lo que le estaba diciendo», me dijo. Entonces le preguntó en concreto si sabía que los hermanos Vicario lo buscaban para matarlo.

2 **la cólera** rabia, ira, gran enojo – 2 **una arandela** *AmS* adornos excesivos en la ropa de una mujer – 3 **infrotunado** equivocado, desacertado, desatinado – 3 **soler** tener la costumbre de hacer uc – 7 **regarse** cosas que se caen y se extienden sobre una superficie – 9 **una aldaba** pieza de metal que se usa para asegurar puertas o ventanas desde el interior – 10 **apremiante** urgente, uc que debe atenderse inmediatamente – 11 **un consanguíneo** up que proviene de los mismos *antepasados* (Vorfahren) que otra – 13 **colorado** uc que tiene o es de color rojo – 13 **una chilaba** prenda de vestir usada por los árabes, parecida a una túnica, que cubre desde el cuello hasta los pies – 15 **parsimonioso** excesivamente lento – 16 **un fulgor** resplandor, brillo – 19 **arrodillarse** poner ambas rodillas en el suelo

«Se puso pálido, y perdió de tal modo el dominio, que no era posible creer que estaba fingiendo», me dijo. Coincidió en que su actitud no era tanto de miedo como de turbación.

—Tú sabrás si ellos tienen razón, o no —le dijo—. Pero en todo caso, ahora no te quedan sino dos caminos: o te escondes aquí, que es tu casa, o sales con mi rifle.

—No entiendo un carajo —dijo Santiago Nasar.

Fue lo único que alcanzó a decir, y lo dijo en castellano. «Parecía un pajarito mojado», me dijo Nahir Miguel. Tuvo que quitarle el cofre de las manos porque él no sabía dónde dejarlo para abrir la puerta.

—Serán dos contra uno —le dijo.

Santiago Nasar se fue. La gente se había situado en la plaza como en los días de desfiles. Todos lo vieron salir, y todos comprendieron que ya sabía que lo iban a matar, y estaba tan azorado que no encontraba el camino de su casa. Dicen que alguien gritó desde un balcón: «Por ahí no, turco, por el puerto viejo.» Santiago Nasar buscó la voz. Yamil Shaium le gritó que se metiera en su tienda, y entró a buscar su escopeta de caza, pero no recordó dónde había escondido los cartuchos. De todos lados empezaron a gritarle, y Santiago Nasar dio varias vueltas al revés y al derecho, deslumbrado por tantas voces a la vez. Era evidente que se dirigía a su casa por la puerta de la cocina, pero de pronto debió darse cuenta de que estaba abierta la puerta principal.

—Ahí viene —dijo Pedro Vicario.

Ambos lo habían visto al mismo tiempo. Pablo Vicario se quitó el saco, lo puso en el taburete, y desenvolvió el cuchillo en forma de alfanje. Antes de abandonar la tienda, sin ponerse

3 **la turbación** perplejidad, desconcierto – 7 **no entiendo un carajo** *vulg coloq* no entiendo nada – 13 **situarse** ubicarse, colocarse, ponerse – 14 **un desfile** personas, animales, carros que marchan ordenadamente en filas – 16 **azorar** asombro ante un suceso inesperado, sobresaltar, inquietar – 19 **una escopeta** arma de fuego portátil con uno o dos cañones, usada para ir de cacería o tiro deportivo – 20 **un cartucho** cilindro de diferentes materiales que encierra la carga de pólvora necesaria para que un arma de fuego pueda funcionar – 22 **deslumbrar** *aquí:* dejar a up confusa, perpleja

de acuerdo, ambos se santiguaron. Entonces Clotilde Armenta agarró a Pedro Vicario por la camisa y le gritó a Santiago Nasar que corriera porque lo iban a matar. Fue un grito tan apremiante que apagó a los otros. «Al principio se asustó —me dijo Clotilde Armenta—, porque no sabía quién le estaba gritando, ni de dónde.» Pero cuando la vio a ella vio también a Pedro Vicario, que la tiró por tierra con un empellón, y alcanzó al hermano. Santiago Nasar estaba a menos de 50 metros de su casa, y corrió hacia la puerta principal.

Cinco minutos antes, en la cocina, Victoria Guzmán le había contado a Plácida Linero lo que ya todo el mundo sabía. Plácida Linero era una mujer de nervios firmes, así que no dejó traslucir ningún signo de alarma. Le preguntó a Victoria Guzmán si le había dicho algo a su hijo, y ella le mintió a conciencia, pues contestó que todavía no sabía nada cuando él bajó a tomar el café. En la sala, donde seguía trapeando los pisos, Divina Flor vio al mismo tiempo que Santiago Nasar entró por la puerta de la plaza y subió por las escaleras de buque de los dormitorios. «Fue una visión nítida», me contó Divina Flor. «Llevaba el vestido blanco, y algo en la mano que no pude ver bien, pero me pareció un ramo de rosas.» De modo que cuando Plácida Linero le preguntó por él, Divina Flor la tranquilizó.

—Subió al cuarto hace un minuto —le dijo.

Plácida Linero vio entonces el papel en el suelo, pero no pensó en recogerlo, y sólo se enteró de lo que decía cuando alguien se lo mostró más tarde en la confusión de la tragedia. A través de la puerta vio a los hermanos Vicario que venían corriendo hacia la casa con los cuchillos desnudos. Desde el lugar en que ella se encontraba podía verlos a ellos, pero no alcanzaba a ver a su hijo que corría desde otro ángulo hacia

4 **apagar** *aquí:* hacer que pierda fuerza un sonido – 7 **un empellón** empujón fuerte y brusco – 12 **firme** estable, fuerte – 13 **traslucir** dejar ver uc por algún antecedente – 14 **mentir** engañar – 16 **trapear** limpiar el piso con un trapo húmedo o un trapero – 26 **recoger uc** *aquí:* levantar uc del suelo – 31 **un ángulo** esquina en la que se unen dos superficies

la puerta. «Pensé que querían meterse para matarlo dentro de la casa», me dijo. Entonces corrió hacia la puerta y la cerró de un golpe. Estaba pasando la tranca cuando oyó los gritos de Santiago Nasar, y oyó los puñetazos de terror en la puerta, pero creyó que él estaba arriba, insultando a los hermanos Vicario desde el balcón de su dormitorio. Subió a ayudarlo.

Santiago Nasar necesitaba apenas unos segundos para entrar cuando se cerró la puerta. Alcanzó a golpear varias veces con los puños, y en seguida se volvió para enfrentarse a manos limpias con sus enemigos. «Me asusté cuando lo vi de frente —me dijo Pablo Vicario—, porque me pareció como dos veces más grande de lo que era.» Santiago Nasar levantó la mano para parar el primer golpe de Pedro Vicario, que lo atacó por el flanco derecho con el cuchillo recto.

—¡Hijos de puta! —gritó.

El cuchillo le atravesó la palma de la mano derecha, y luego se le hundió hasta el fondo en el costado. Todos oyeron su grito de dolor.

—¡Ay mi madre!

Pedro Vicario volvió a retirar el cuchillo con su pulso fiero de matarife, y le asestó un segundo golpe casi en el mismo lugar. «Lo raro es que el cuchillo volvía a salir limpio —declaró Pedro Vicario al instructor—. Le había dado por lo menos tres veces y no había una gota de sangre.» Santiago Nasar se torció con los brazos cruzados sobre el vientre después de la tercera cuchillada, soltó un quejido de becerro, y trató de darles la espalda. Pablo Vicario, que estaba a su izquierda con el cuchillo curvo, le asestó entonces la única cuchillada

5 **insultar** ofender a up con palabras agresivas o con acciones provocadoras – 9 **volverse** *aquí:* darse la vuelta – 9 **enfrentarse** hacerle frente a uc o up, dar la cara ante un peligro – 10 **a manos limpias** *loc adv coloq* sin armas – 14 **el flanco** cada uno de los lados de un cuerpo, costado – 14 **recto** derecho, directo – 15 **un hijo de puta** *vulg* up mala y despreciable – 20 **el pulso** latido de las arterias que se puede medir en varias partes del cuerpo especialmente en la *muñeca* (Handgelenk) – 20 **fiero** agresivo, salvaje – 21 **asestar** dirigir un golpe a up con la mano o un arma – 26 **una cuchillada** herida que se produce con un arma cortante – 26 **un quejido** sonido lastimero que es una expresión de dolor

en el lomo, y un chorro de sangre a alta presión le empapó la camisa. «Olía como él», me dijo. Tres veces herido de muerte, Santiago Nasar les dio otra vez el frente, y se apoyó de espaldas contra la puerta de su madre, sin la menor resistencia, como si sólo quisiera ayudar a que acabaran de matarlo por partes iguales. «No volvió a gritar —dijo Pedro Vicario al instructor—. Al contrario: me pareció que se estaba riendo.» Entonces ambos siguieron acuchillándolo contra la puerta, con golpes alternos y fáciles, flotando en el remanso deslumbrante que encontraron del otro lado del miedo. No oyeron los gritos del pueblo entero espantado de su propio crimen. «Me sentía como cuando uno va corriendo en un caballo», declaró Pablo Vicario. Pero ambos despertaron de pronto a la realidad, porque estaban exhaustos, y sin embargo les parecía que Santiago Nasar no se iba a derrumbar nunca. «¡Mierda, primo —me dijo Pablo Vicario—, no te imaginas lo difícil que es matar a un hombre!» Tratando de acabar para siempre, Pedro Vicario le buscó el corazón, pero se lo buscó casi en la axila, donde lo tienen los cerdos. En realidad Santiago Nasar no caía porque ellos mismos lo estaban sosteniendo a cuchilladas contra la puerta. Desesperado, Pablo Vicario le dio un tajo horizontal en el vientre, y los intestinos completos afloraron con una explosión. Pedro Vicario iba a hacer lo mismo, pero el pulso se le torció de horror, y le dio un tajo extraviado en el muslo. Santiago Nasar permaneció todavía un instante apoyado contra la puerta, hasta que vio sus propias vísceras al sol, limpias y azules, y cayó de rodillas.

Después de buscarlo a gritos por los dormitorios, oyendo sin saber dónde otros gritos que no eran los suyos, Plácida Linero se asomó a la ventana de la plaza y vio a los gemelos Vicario que corrían hacia la iglesia. Iban perseguidos de cerca

3 **apoyarse** cuando up se coloca sobre otra o sobre uc – 8 **acuchillar** dar cuchilladas – 9 **alterno** ≠ continuo – 9 **flotar** percibir una sensación en el ambiente – 9 **remanso** lugar o situación agradable – 9 **deslumbrante** uc que es muy brillante, llena de luz – 15 **derrumbar** *aquí:* caer, desplomar, derribar – 22 **aflorar** surgir, aparecerse, mostrarse

por Yamil Shaium, con su escopeta de matar tigres, y por otros árabes desarmados y Plácida Linero pensó que había pasado el peligro. Luego salió al balcón del dormitorio, y vio a Santiago Nasar frente a la puerta, bocabajo en el polvo, tratando de levantarse de su propia sangre. Se incorporó de medio lado, y se echó a andar en un estado de alucinación, sosteniendo con las manos las vísceras colgantes.

Caminó más de cien metros para darle la vuelta completa a la casa y entrar por la puerta de la cocina. Tuvo todavía bastante lucidez para no ir por la calle, que era el trayecto más largo, sino que entró por la casa contigua. Poncho Lanao, su esposa y sus cinco hijos no se habían enterado de lo que acababa de ocurrir a veinte pasos de su puerta. «Oímos la gritería —me dijo la esposa—, pero pensamos que era la fiesta del obispo.» Empezaban a desayunar cuando vieron entrar a Santiago Nasar empapado de sangre llevando en las manos el racimo de sus entrañas. Poncho Lanao me dijo: «Lo que nunca pude olvidar fue el terrible olor a mierda.» Pero Argénida Lanao, la hija mayor, contó que Santiago Nasar caminaba con la prestancia de siempre, midiendo bien los pasos, y que su rostro de sarraceno con los rizos alborotados estaba más bello que nunca. Al pasar frente a la mesa les sonrió, y siguió a través de los dormitorios hasta la salida posterior de la casa. «Nos quedamos paralizados de susto», me dijo Argénida Lanao. Mi tía Wenefrida Márquez estaba desescamando un sábalo en el patio de su casa al otro lado del río, y lo vio descender las escalinatas del muelle antiguo buscando con paso firme el rumbo de su casa.

5 **incorporarse de medio lado** levantarse, erguirse pero no completamente – 17 **un racimo** *fig* conjunto de cosas que asemejan un conjunto de frutos colocados a distinta altura sobre un tallo principal – 20 **la prestancia** elegancia, distinción – 20 **medir** calcular – 20 **un paso** movimiento que realiza cada pie al andar – 21 **un sarraceno** mahometano, musulmán – 21 **un rizo** porción de pelo que da vueltas sobre sí misma en forma de espiral – 24 **paralizar** inmovilizar, quedar up sin capacidad de reacción – 25 **desescamar** quitar las *escamas* (Schuppen) a los peces – 25 **un sábalo** pez de la misma familia que la sardina, de color verde azulado y una gran mancha negra en la espalda – 27 **una escalinata** escalera amplia y lujosa

—¡Santiago, hijo —le gritó—, qué te pasa!

Santiago Nasar la reconoció.

—Que me mataron, niña Wene —dijo.

Tropezó en el último escalón, pero se incorporó de inmediato. «Hasta tuvo el cuidado de sacudir con la mano la tierra que le quedó en las tripas», me dijo mi tía Wene. Después entró en su casa por la puerta trasera, que estaba abierta desde las seis, y se derrumbó de bruces en la cocina.

7 **trasero** uc que queda atrás – 8 **de bruces** bocabajo, de cara

Gabriel García Márquez

El autor y su obra

Gabriel García Márquez

(Aracataca, Colombia, 1927, Ciudad de México, 2014)

Gabriel García Márquez es el escritor colombiano más famoso de todos los tiempos. Afincado desde muy joven en la capital de Colombia, Gabriel García Márquez estudió derecho y periodismo en la universidad Nacional e inició sus primeras colaboraciones periodísticas en el diario El Espectador.

A los veintisiete años publicó su primera novela, *La hojarasca*, en la que ya apuntaba los rasgos más característicos de su obra de ficción, llena de desbordante fantasía. A partir de esta primera obra, su narrativa entroncó con la tradición literaria hispanoamericana, al tiempo que hallaba en algunos creadores estadounidenses, sobre todo en William Faulkner, nuevas fórmulas expresivas.

Comprometido con los movimientos de izquierda, Gabriel García Márquez siguió de cerca la insurrección guerrillera cubana hasta su triunfo en 1959. Amigo de Fidel Castro, participó por entonces en la fundación de Prensa Latina, la agencia de noticias de Cuba. Tras la publicación de dos nuevos libros de ficción, en 1965 fue galardonado en su país con el Premio Nacional.

Sólo dos años después, y al cabo de no pocas vicisitudes con diversos editores, García Márquez logró que una editorial argentina le publicase la que constituye su obra maestra y una de las novelas más importantes de la literatura universal del siglo XX, *Cien años de soledad*.

La obra, en la que trabajó más de veinte años, recrea a través de la saga familiar de los Buendía la peripecia histórica de Macondo, pueblo imaginario que es el trasunto de su propio pueblo natal y al tiempo, de su país y su continente. De perfecta estructura circular, el relato alza un mundo propio, recreación mítica del mundo real de Latinoamérica que ha venido en llamarse «realismo mágico», por el encuentro constante de elementos realistas con apariciones y circunstancias fantasiosas. Esta fórmula narrativa entronca con la tradición literaria latinoamericana, iniciada con las crónicas de los conquistadores, plagadas también de leyendas y elementos sobrenaturales originados por el profundo choque entre el mundo conocido y la cultura de los españoles que emigraban y la exuberante y extraña presencia del continente latinoamericano.

Tras una temporada en París, en 1969 se instaló en Barcelona, donde entabló amistad con intelectuales españoles, como Carlos Barral, y sudamericanos, como Vargas Llosa. Su estancia allí fue decisiva para la concreción de lo que se conoció como boom de la literatura hispanoamericana, del que fue uno de sus mayores representantes.

En 1972 Gabriel García Márquez obtuvo el Premio Internacional de Novela Rómulo Gallegos, y pocos años más tarde regresó a América Latina, para residir alternativamente en Cartagena de Indias y Ciudad de México, debido sobre todo a la inestabilidad política de su país.

Su prestigio literario, que en 1982 le valió el Premio Nobel de Literatura, le confirió autoridad para hacer oír su voz sobre la vida política y social colombiana. Su actividad como periodista queda reflejada en *Textos costeños*, de 1981, *Entre cachacos*, de 1983, compendios de artículos publicados en la prensa escrita, o *Noticias para un secuestro*, amplio reportaje novelado editado en 1996 que trata de la dramática peripecia de nueve periodistas secuestrados por orden del narcotraficante Pablo Escobar. *Relato de un náufrago*, reportaje sobre un caso real publicado en forma de novela en 1968, constituye un brillante ejemplo de «nuevo realismo» y refleja su capacidad para cambiar de registro.

En cine ha intervenido en la redacción de numerosos guiones, a veces adaptaciones de sus propias obras, y desde 1985 comparte, con el cineasta argentino Fernando Birri, la dirección de la Escuela Internacional de Cine de La Habana. Gabriel García Márquez falleció el 17 de abril de 2014.

(Texto extraído de www.biografiasyvidas.com)

Obras (selección)

- *Ojos de perro azul,* 1950 (cuento)
- *La Hojarasca,* 1955
- *La mala hora,* 1961
- *El coronel no tiene quien le escriba,* 1961
- *Los funerales de la Mamá Grande,* 1962
- *Cien años de soledad,* 1967
- *Relato de un náufrago* (edición en formato libro), 1970
- *La increíble y triste historia de la cándida Eréndira y de su abuela desalmada,* 1972
- *Ojos de perro azul,* 1973
- *El otoño del patriarca,* 1975
- *Crónica de una muerte anunciada,* 1981
- *Textos costeños,* 1981
- *El amor en los tiempos del cólera,* 1985
- *El general en su laberinto,* 1989
- *Doce cuentos peregrinos,* 1992
- *Del amor y otros demonios,* 1994
- *Obra periodística 1: Textos costeños (1948-1952).*
- *Obra periodística 2: Entre cachacos (1954-1955).*
- *Obra periodística 3: De Europa y América (1955-1960).*
- *Obra periodística 4: Por la libre (1974-1995).*
- *Obra periodística 5: Notas de prensa (1980-1984).*
- *Vivir para contarla,* 2002
- *Memoria de mis putas tristes,* 2004
- *Gabo periodista, 2013*

Premios

- Premio de la Novela ESSO por *La mala hora* (1961)
- Doctorado honoris causa de la Universidad de Columbia en Nueva York (1971)
- Medalla de la legión de honor francés en París (1981)
- Condecoración Águila Azteca en México (1982)
- Premio Nobel de Literatura en Estocolmo (1982)
- Premio cuarenta años del Círculo de Periodistas (1985)
- Miembro honorario del Instituto Caro y Cuervo en Bogotá (1993)
- Doctorado honoris causa de la Universidad de Cádiz (1994)

Abreviaturas y símbolos

adj	Adjektiv, adjetivo
adv	adverbio
Am	expresión típica del español de América
AmC	expresión típica del español de América del Sur
AmS	expresión típica del español de América Central
aprox	aproximadamente (significado aproximado)
aquí:	señala un significado específico de la palabra en el contexto
aum	aumentativo
cat	catalán
coloq	coloquial
Col	expresión típica del español de Colombia
cul	cultismo (bildungssprachlich)
despect	despectivo
dim	diminutivo
etc	etcétera
etw	etwas
f	femenino
fam	lenguaje familiar
fig	lenguaje figurativo
INF	infinitivo
interj	interjección
irón	irónico
jmd	jemand
lit	literario
loc	locución, giro idiomático
m	masculino
p ej	por ejemplo
pl	plural
s	singular
SUST	sustantivo
sup	superlativo
uc	una cosa, algo
up	una persona, alguien

Ven	expresión típica del español de Venezuela
vulg	expresión vulgar
≠	contrario de
→	remite a una palabra ya conocida